SV

Band 802 der Bibliothek Suhrkamp

René Daumal
Der Analog

Ein nicht-euklidischer,
im symbolischen Verstand authentischer
alpinistischer Abenteuerroman

Mit einem Nachwort und einer
editorischen Notiz
herausgegeben von H. J. Maxwell
und Claudio Rugafiori

Aus dem Französischen
von Albrecht Fabri

Suhrkamp Verlag

Titel der Originalausgabe: *Le Mont Analogue*
Roman d'aventures alpines, non euclidiennes
et symboliquement authentiques.
© Editions Gallimard, Paris 1952.
Dem ergänzten Text unserer Ausgabe liegt die
»version definitive« von 1981 zugrunde.
Übersetzung des Vorworts und von Teilen des Anhangs:
Maria Dessauer

Erste Auflage 1983
© der deutschsprachigen Ausgabe
Suhrkamp Verlag Frankfurt am Main 1983
© der deutschen Übersetzung
Karl Rauch Verlag Düsseldorf 1964
Alle Rechte vorbehalten
Satz: LibroSatz, Kriftel
Druck: Nomos Verlagsgesellschaft, Baden-Baden
Printed in Germany

Der Analog

Der Analog wurde von René Daumal im Juli 1939 während seines Aufenthalts in den See-Alpen, in Pelvoux, zu einem besonders tragischen Zeitpunkt begonnen. Er hatte gerade erfahren, daß er, einunddreißigjährig, bereits verloren war: die Tuberkulose, an der er seit zehn Jahren krankte, konnte nur einen tödlichen Ausgang nehmen.

Drei Kapitel waren ausgeführt, als Daumal, weil seine Frau Vera Milanova Jüdin war, im Juni 1940 das von den Deutschen besetzte Paris verließ. Nach drei Jahren, die er unter höchst schwierigen Bedingungen in den Pyrenäen (Gavarnie), dann in der Nähe von Marseille (Allauch) und dann wieder in den Alpen (Passy, Pelvoux) zugebracht hatte, fand Daumal im Sommer 1943 endlich eine Weile der Entspannung und hoffte, seinen »Roman« fertigschreiben zu können.

Er begann wieder daran zu arbeiten, doch eine dramatische Verschlimmerung seiner Krankheit hinderte ihn, den Bericht über seine »im symbolischen Verstand authentische« Reise zu beenden. Er starb am 21. Mai 1944 in Paris.

Wenngleich unvollendet, stellt *Der Analog* in seiner Komposition und in seiner Struktur eine »Fabel« dar, deren Ablauf in jeder Phase das von Daumal angegebene einzige Ziel zu erfassen erlaubt. Der Leser wird sich unschwer die Fortsetzung und das Ende dieser »alpinen Abenteuer« vorstellen, sie sogar rekonstruieren können mittels der Pläne auf den Seiten 114 und

115, der Texte der Seiten 117 bis 129, insbesondere einiger Zeilen der Seiten 122 f., welche die »Fabel« zusammenfassen und durchschaubar machen.

ERSTES KAPITEL
welches das Kapitel der Begegnung ist

Neues im Leben des Autors – Die symbolischen Berge – Ein ernsthafter Leser – Alpinismus in der Passage des Patriarches – Vater Sogol – Ein Zimmerpark und ein nach außen gestülptes Gehirn – Die Kunst, miteinander bekannt zu werden – Der Mann, der die Gedanken gegen den Strich bürstete – Geständnisse – Ein satanisches Kloster – Wie der Teufel vom Dienst einen erfindungsreichen Mönch in Versuchung führte – Die fleißige Physika – Die Krankheit Vater Sogols – Eine Fliegengeschichte – Die Furcht vor dem Tode – Auf ein heißes Herz gehört ein kalter Verstand – Ein verrückter Plan, auf eine einfache trigonometrische Aufgabe reduziert – Ein psychologisches Gesetz

Was ich im folgenden erzähle, begann mit dem Anblick einer mir unbekannten Schrift auf einem Briefumschlag. Er trug die Adresse der *Zeitschrift für Paläontologie*, deren Mitarbeiter ich war und die mir den Brief nachgeschickt hatte, und seine Schriftzüge spiegelten eine wechselnde Mischung von Gewalttätigkeit und Sanftheit. Indes ich mir noch Fragen hinsichtlich des Absenders und möglichen Inhalts des Briefes stellte, legte mir ein vages, aber unabweisliches Vorgefühl das Bild des »Steinwurfs in einen Froschteich« nahe; und von seinem Grund stieg, einer Luftblase gleich, das Eingeständnis auf, daß seit einiger Zeit mein Leben ziemlich stagnierte. Als ich den Brief endlich öffnete, hätte ich daher nicht sagen können, ob er auf mich wie ein erfrischender oder erkältender Lufthauch wirkte.

Dieselbe rasche und zügige, nur in den Wortzwischenräumen absetzende Schrift. In atemloser Unmittelbarkeit sagte sie:

Monsieur, ich habe Ihren Artikel über den Analog *gelesen. Bisher hielt ich mich für den einzigen, der von seiner Existenz überzeugt war. Nun sind wir schon zwei, morgen vielleicht sogar zehn, und die Expedition wird möglich. Wir müssen, so rasch es geht, Verbindung miteinander aufnehmen. Rufen Sie mich, so bald wie möglich, unter einer der unten angegebenen Nummern an. Ich warte darauf.*

Pierre Sogol, 37, Passage des
Patriarches, Paris

(Folgten ein halbes Dutzend Telefonnummern, unter denen ich ihn, je nach der Tageszeit, erreichen konnte.)

Ich hatte den Artikel, auf den der Briefschreiber anspielte und der vor annähernd drei Monaten im Maiheft der *Zeitschrift für Paläontologie* erschienen war, nahezu vergessen.

Einerseits schmeichelte mir das Interesse, das ein mir unbekannter Leser dafür bekundete; zugleich jedoch empfand ich ein gewisses Unbehagen, ein literarisches Phantasieprodukt, das mich seinerzeit zwar begeistert hatte, inzwischen aber nur mehr eine verblaßte und erkaltete Erinnerung war, derart ernst, ja geradezu tragisch genommen zu sehen.

Ich überlas den Artikel noch einmal. Es handelte sich um eine mehr oder weniger kursorische Studie, die Symbolbedeutung des Berges in der Mythologie betreffend. Die verschiedenen Zweige der Symbolik, von der ich mir naiverweise etwas zu verstehen einbildete, waren seit langem eine meiner Lieblingsbeschäftigungen; hinzu kam, daß ich auch als Alpinist das Gebirge leidenschaftlich liebte. Die Vereinigung dieser beiden so verschiedenen Formen des Interesses auf denselben Gegenstand – den Berg – hatte gewissen Stellen meines Artikels eine lyrische Färbung gegeben. (So unvereinbar eine solche Vereinigung auch manchmal erscheinen mag: bei der Entstehung dessen, was man für gewöhnlich Poesie nennt, spielt sie eine große Rolle. Ich schreibe diese Bemerkung auf als Fingerzeig für Kritiker und Ästhetiker, die sich bemühen, dieser geheimnisvollen Art von Sprache auf den Grund zu kommen.)

In der Tradition der Fabel – so hatte ich dem Sinn nach geschrieben – bildet der Berg das Bindeglied zwischen Erde und Himmel. Sein einigender Gipfel reicht bis ans Reich der Ewigkeit, sein in zahlreiche Ausläufer sich verzweigender Fuß lädt ins Reich der Sterblichen aus. Er ist der Weg, auf dem der Mensch zum Göttlichen aufsteigen kann und das Göttliche sich dem Menschen offenbaren. Die Patriarchen und Propheten des Alten Testaments sahen Gott von Angesicht zu Angesicht an hochgelegenen Orten. Für Moses sind das der Sinai und der Nebo, im Neuen Testament der Ölberg und Golgatha. Ich ging so weit, das alte Symbol des Berges in den gelehrten Pyramidenkonstruktionen der Ägypter und Chaldäer wiederzufinden. Von da zu den Ariern übergehend, hatte ich an die dunklen Legenden der Veden erinnert, in denen es vom *Soma*, dem »Saft«, der der »Same der Unsterblichkeit« ist, heißt, daß es, in seiner lichtartigen Form, »im Berg« wohne. In Indien gilt der Himalaya als Wohnsitz Shivas und seiner Gemahlin, der »Tochter des Berges«, sowie der »Mütter der Welten« – ganz ähnlich wie in Griechenland der Oberste der Götter auf dem Olymp hofhielt. Eben in der griechischen Mythologie fand ich das Symbol noch ergänzt durch die Erzählung von einem Aufstand der Kinder der Erde, die mit ihrer irdischen Natur und mit irdischen Mitteln versuchen, den Olymp zu stürmen und mit ihren irdenen Füßen in den Himmel zu dringen. War das übrigens nicht das gleiche Unternehmen wie das, welches die Erbauer des Turms von Babel verfolgten, die ebenfalls, ohne ihren persönlichen Ehrgeiz abzustreifen, ins Reich des ewigen Einen gelangen

13

wollten? In China war von den »Bergen der Glückseligen« die Rede, und die alten Weisen pflegten ihre Schüler am Rand von Abgründen zu versammeln...

Nachdem ich solchermaßen die bekanntesten Mythologien durchmustert hatte, war ich zu allgemeinen Betrachtungen über die Natur der Symbole übergegangen, die ich in zwei Klassen teilte: diejenigen, die nur Proportionsgesetzen zu genügen brauchen, und diejenigen, die darüber hinaus Gesetzen der Größenordnung unterliegen. Die angeführte Unterscheidung ist schon oft gemacht worden; gleichwohl wiederhole ich sie: Proportion meint das Größenverhältnis der Teile der Sache selber, Größenordnung dagegen das Verhältnis zwischen ihren Größenmaßen und denen des menschlichen Körpers. Ein gleichseitiges Dreieck z. B. – das Symbol der Trinität – hat, gleichviel wie groß es ist, immer denselben Wert. Nehmen Sie umgekehrt eine Kathedrale und reduzieren Sie sie auf ein genaues Abbild von dreißig oder vierzig Zentimeter Höhe: ihrer Form und deren Verhältnissen nach wird diese Reduktion auch dann noch die rationale Bedeutung des Gebäudes vermitteln, wenn man die Einzelheiten mit der Lupe studieren muß; aber sie wird nicht mehr die gleiche Emotion auslösen, nicht mehr die gleiche Körperhaltung herausfordern, weil sie hinter der für eine Kathedrale vorgeschriebenen Größenordnung zurückbleibt. Im Fall des symbolischen Bergs par excellence nun – des Bergs, den ich den *Analog* zu nennen vorschlug – ist diese Größenordnung bestimmt dadurch, daß er mit gewöhnlichen menschlichen Mitteln nicht zugänglich sein darf. Sind aber nicht der Sinai, der Nebo, sogar der Olymp längst zu Touristenzielen geworden? Selbst die höchsten Gipfel des Himalaya gelten heute nicht mehr für unzugänglich. Alle diese Berge haben also ihre Analogiekraft verloren. Das Symbol hat seine Zuflucht zu Bergen nehmen müssen, die, wie der Meru der Hindus, rein legendär sind. Wenn aber der Meru – mich auf dieses Beispiel zu beschränken – nicht mehr geographisch zu orten ist, kann er auch nicht mehr die Aufgabe des Wegs erfüllen, der die Erde mit dem Himmel verbindet; er kann wohl den Mittelpunkt oder die Achse unseres Planetensystems bedeuten, aber nicht mehr die dem Menschen gebotene Möglichkeit, zu ihnen vorzudringen. Soll ein Berg – so schloß ich – die Rolle des *Analog* spielen können, muß den Menschen, so wie die Natur sie ausgestattet hat, sein Gipfel unzugänglich, sein Fuß jedoch zugänglich sein. Er muß der einzige seiner Art sein, und er muß geographisch existieren. Die Pforte zum Unsichtbaren muß sichtbar sein.

Das hatte ich geschrieben. Nahm man meinen Artikel wörtlich, mußte daraus hervorgehen, daß ich tatsächlich an die Existenz eines irgendwo auf der Erdoberfläche gelegenen Berges glaubte, der höher war als der Mount Everest – in den Augen jedes »vernünftigen« Menschen eine Absurdität. Und nun kam einer und *nahm* mich wörtlich! Sprach sogar davon, daß »die Expedition« jetzt möglich werde! Ein Verrückter? Ein Witzbold? Aber was war dann mit mir, der ich diesen Artikel geschrieben hatte? Hatten meine Leser nicht das Recht, sich hinsichtlich seines Autors die gleiche

Frage zu stellen? Was war ich also: ein Verrückter? ein Witzbold? oder ganz einfach nur ein Literat? – Ich muß heute gestehen, daß ich im gleichen Augenblick, in dem ich mir diese nur wenig angenehmen Fragen stellte, die Empfindung hatte, daß trotz allem etwas in mir fest an die Existenz des *Analog* glaubte.

Am nächsten Tag rief ich morgens eine der für diese Tageszeit angegebenen Nummern an. Eine unpersönliche Frauenstimme belehrte mich, daß »hier die Parfumfabrik Eurhyn« sei, und wollte wissen, wen ich zu sprechen wünsche. Nach einigem Knacken in der Leitung meldete sich eine Männerstimme.

»Hallo, *Sie* sind das? Ein Glück, daß das Telefon nicht auch Gerüche übermittelt! Haben Sie am Sonntag Zeit? . . . Dann kommen Sie doch gegen elf Uhr zu mir. Wir machen vor dem Essen noch einen kleinen Spaziergang durch meinen Park . . . Wie? Ganz recht: Passage des Patriarches. Warum fragen Sie . . . Ach so, Sie meinen den Park! . . . Mein Laboratorium! Ich hatte gedacht, Sie wären Alpinist! . . . Abgemacht also: bis Sonntag!«

Es war also kein Verrückter. Ein Verrückter würde in einer Parfumfabrik keinen wichtigen Posten bekleiden. Ein Witzbold also? Dazu paßte wieder nicht seine warme und feste Stimme.

Wir hatten Donnerstag. Noch drei Tage! Meine Umgebung muß mich während dieser Zeit reichlich zerstreut gefunden haben.

Am Sonntag morgen bahnte ich mir, über Bananen-schalen ausgleitend und mit der Fußspitze Tomaten vor mir herstoßend, an schwitzenden einkaufenden Frauen vorbei den Weg zur Passage des Patriarches. Ich betrat einen Torweg, fragte die Concierge nach Herrn Sogols Wohnung und wurde von ihr zu einem über den Hof gelegenen Aufgang für Dienstboten ver-wiesen. Bevor ich ihn erreichte, bemerkte ich, daß an der Hauswand, von der der Putz abbröckelte, aus ei-nem kleinen Fenster des fünften Stocks ein Doppelseil herunterhing. Eine Manchesterhose – soweit ich auf die Entfernung derartige Einzelheiten erkennen konnte – kletterte aus dem Fenster; sie steckte in Strümpfen, die ihrerseits in weichen Schuhen steckten. Sich mit einer Hand an der Fensterbrüstung festhal-tend, nahm die so gekleidete Person blitzschnell das Seil zwischen die Beine, wand es sich um den rechten Oberschenkel, führte es dann schräg über die Brust zur linken Schulter und von dort, hinter dem hochgeschla-genen Kragen ihrer Kletterweste, über die rechte Schulter wieder nach vorn, faßte mit der rechten Hand das lose herabhängende Stück, mit der linken das an-dere und seilte sich, in jenem Stil, der sich so gut auf Fotos ausnimmt: den Oberkörper gerade aufgerichtet, die Beine gespreizt, mit einer Geschwindigkeit von ein Meter fünfzig in der Sekunde ab. Sie hatte kaum den Boden erreicht, als ihr, auf dieselbe Weise, eine zweite Person folgte; aber diese zweite Person bekam auf der Hälfte des Wegs etwas wie eine alte Kartoffel an den Kopf, die dann auf dem Pflaster des Hofes zerplatzte. Eine Stimme trompetete dazu von oben: »Um Sie an

Steinschlag zu gewöhnen! ...« Es gelang der Person jedoch, ohne allzusehr die Fassung zu verlieren, nach unten zu kommen, und unter den mißbilligenden Blicken der Concierge verschwanden die beiden Männer im Torweg. Ich setzte meinen Weg fort, stieg vier Stockwerke hoch und fand dort neben einem Fenster folgenden Anschlag: PIERRE SOGOL, Lehrer für Alpinismus. Unterrichtsstunden Donnerstag und Sonntag von 7-11 Uhr. Zwecks Zutritt aus dem Fenster steigen, über den Felsvorsprung linker Hand einen Kamin und dann einen lockeren Steilhang hochklettern, in Nord-Süd-Richtung dem Grat folgen und durch das am Osthang gelegene Dachfenster eintreten.

Ich fügte mich gern dieser bizarren Anweisung, obwohl die Treppe noch bis zum fünften Stock führte. Der »Felsvorsprung« war ein schmales Sims, der »Kamin« ein nach der einen Seite offener Fassadeneinschnitt, der »lockere Steilhang« ein altes Schieferdach, der »Grat« der Dachfirst. Ich stieg durch das bezeichnete Dachfenster und fand mich meinem Mann gegenüber. Er war ziemlich groß, dabei mager und sehnig; er trug einen mächtigen schwarzen Schnurrbart, und sein Haar war leicht gekraust; er strahlte die Ruhe des in einen Käfig gesperrten Panthers aus, der auf seine Stunde wartet; er sah mich aus dunklen, gelassenen Augen an und gab mir die Hand.

»Sie haben gerade gesehen, was ich alles tun muß, um mir mein Geld zu verdienen«, sagte er. »Ich wünschte, ich könnte Sie besser empfangen.«

»Ich dachte, Sie arbeiten in einer Parfumfabrik«, unterbrach ich ihn.

»Nicht nur! Ich habe außerdem noch in einer Fabrik für Haushaltsartikel, einer Firma für Campingbedarf, einem Laboratorium für Insektenvertilgungsmittel und einer Werkstatt für Fotogravüre zu tun. Ich lasse mich überall anstellen, wo es Erfindungen zu machen gilt, die man für unmöglich hält. Bisher ist das immer gutgegangen, aber da die Leute genau wissen, daß ich nichts anderes kann, bezahlen sie mir nicht viel. Deshalb gebe ich Söhnen reicher Familien, die vom Bridge und von Kreuzfahrten mit Luxusjachten genug haben, Unterricht im Bergsteigen. Aber machen Sie es sich bitte bequem und sehen Sie sich in meiner Mansarde um.«

Tatsächlich waren es mehrere Mansarden, die dadurch, daß man die Zwischenwände entfernt hatte, ein zwar niedriges, aber geräumiges, an der einen Seite durch ein breites Fenster erhelltes Atelier bildeten. Unter dem Fenster alle möglichen Apparaturen, wie man sie zu physikalisch-chemischen Versuchen braucht, und rings herum ein von Töpfen und Holzkübeln mit Saxifragen, Sukkulenten, kleinen Koniferen, Zwergpalmen und Rhododendren gesäumter steiniger Weg, der einen schlechten Maultierpfad nachahmte. Beiderseits des Wegs, von der Decke herabhängend oder an einem der Bäumchen und Büsche befestigt, so daß jeder Zentimeter Raum ausgenutzt war, Hunderte von kleinen Tafeln. Auf jeder dieser Tafeln eine Zeichnung, ein Foto oder eine Tabelle, die zusammen eine regelrechte Enzyklopädie dessen bildeten, was man die »gesicherten menschlichen Kenntnisse« nennt. Eine schematische Darstellung der pflanzlichen Zelle – das periodische System der Elemente von Mendelejew – die Radikale der chinesischen Schrift – ein Querschnitt durch das menschliche Herz – die Transformationsformeln von Lorentz – die einzelnen Planeten und ihre Eigenschaften – Hieroglyphen der Maya – Bevölkerungsstatistiken und Wirtschaftsdiagramme – musikalische Tonsätze – die Vertreter der hauptsächlichen Tier- und Pflanzenfamilien – die Kristallformen – ein Plan der Cheopspyramide – Röntgenbilder des menschlichen Gehirns – logistische Formeln – eine Tafel aller in den verschiedenen Sprachen vorkommenden Phoneme – Landkarten und Stammbäume – kurz alles, was dem Gehirn eines Mirandola des zwanzigsten Jahrhunderts zur Zierde gereicht.

Hier und da Aquarien und Käfige mit ausgefallenen Tierarten. Aber mein Gastgeber ließ mir keine Zeit, mich mit seinen Seegurken, Tintenfischen, Wasserspinnen, Termiten, Ameisenbären und Schwanzlurchen aufzuhalten. Er zog mich auf den Steinpfad, der eben breit genug war, daß wir nebeneinander gehen konnten, und lud mich zu einem Spaziergang um sein Laboratorium ein. Dank dem Geruch der Koniferen und einem leichten Luftzug, der durchs Fenster kam, hatte man den Eindruck, sich auf einem endlos gewundenen Gebirgspfad zu befinden.

»Es ist Ihnen klar«, sagte Pierre Sogol, »daß wir über Dinge zu entscheiden haben, deren Konsequenzen sowohl Ihr wie mein Leben von Grund auf zu ändern imstand sind. Es ist Ihnen ebenfalls klar, daß wir das nicht ohne weiteres tun können und erst ein bißchen miteinander bekannt werden müssen. Was wir tun können heute, ist miteinander spazierengehen, sprechen, essen und miteinander schweigen. Später werden wir, wie ich hoffe, Gelegenheit finden, auch miteinander zu handeln und zu leiden; denn das alles braucht es, um, wie man sagt, ›Bekanntschaft zu schließen miteinander‹.«

Als erstes sprachen wir natürlich von den Bergen. Er hatte nahezu alle bekannten hohen Gipfel unseres Planeten bestiegen, und ich spürte, daß wir uns, jeder am Ende eines guten Seiles, augenblicklich auf die kühnsten alpinistischen Abenteuer hätten einlassen können. Dann schweifte das Gespräch ab, machte Sprünge, und ich begriff, zu welchem Zweck ihm die den Weg begleitenden, uns das Wissen unseres Jahrhunderts vor Augen führenden Tafeln dienten. Diese Bilder und Tabellen . . . jeder von uns trägt eine mehr oder weniger umfangreiche Sammlung davon in seinem Kopf; und wir meinen, die höchsten wissenschaftlichen und philosophischen Gedanken zu denken, wenn einige von ihnen sich durch einen Zufall uns in anderer Gruppierung zeigen als für gewöhnlich. Dieser Zufall kann ein Lufthauch sein oder ganz einfach eine Bewegung, die der von Brown entdeckten Molekularbewegung der in einer Flüssigkeit suspendierten Körperteilchen ähnelt. Hier fand sich das ganze Wissensarsenal sichtbar aus uns herausgestellt; wir konnten uns nicht länger mit ihm verwechseln. Wie man eine Girlande an Nägeln aufhängt, so hängten wir unser Gespräch an diese kleinen Tafeln; und jeder nahm mit der gleichen Klarheit die Mechanik sowohl des Gedankens des anderen wie des eigenen Gedankens wahr.

Wie alles übrige an ihm, zeigte auch die Art zu denken meines Begleiters eine merkwürdige Mischung von männlicher Reife und kindlicher Naivität. Ich empfand sein Denken als eine ebenso sinnlich wahrnehmbare Kraft wie Licht, Wärme oder Wind. Diese Kraft beruhte auf seiner ungewöhnlichen Fähigkeit, Ideen als etwas Äußeres zu betrachten und zwischen Ideen, die scheinbar ganz unvereinbar waren, unvermutete Beziehungen herzustellen. So hörte – beinah möchte ich sagen: sah – ich ihn die menschliche Geschichte als Problem der projektiven Geometrie behandeln und, einen Augenblick später, von den Eigenschaften der Zahlen sprechen, als handle es sich um Tierarten; aus der Teilung und Verschmelzung der Zellen wurde ein Sonderfall der logischen Schlußfolge, und die Sprache schöpfte ihre Gesetze aus der Lehre von der Bewegung der Himmelskörper.

Ich antwortete ihm nur wenig, und schon bald empfand ich eine Art Schwindel. Er begann darauf, mir von seinem Leben zu erzählen.

»In jungen Jahren habe ich alle Annehmlichkeiten und Unannehmlichkeiten, Freuden und Leiden genossen, die einem Menschen, soweit er in Gesellschaft lebt, zuteil werden können. Nicht nötig, auf Einzelheiten einzugehen: der Katalog der das menschliche Schicksal bestimmenden Ereignisse ist begrenzt, und alle Geschichten laufen mehr oder weniger auf dieselbe hinaus. Ich muß nur erwähnen, daß ich mich eines Tages allein fand und von der Gewißheit erfüllt, einen Lebensabschnitt beendet zu haben. Ich war viel gereist, hatte die verschiedensten Wissenschaften studiert und ein Dutzend Berufe erlernt. Das Leben behandelte mich ein wenig so, wie ein Organismus einen in ihn eingedrungenen Fremdkörper: es versuchte, mich entweder einzukapseln oder auszustoßen, und mich selbst verlangte ›nach etwas anderem‹. Ich glaubte, dieses ›Andere‹ in der Religion zu finden. Ich trat in ein Kloster ein: ein recht seltsames Kloster. Was für ein Kloster es war und wo es lag, spielt weiter keine Rolle; wichtig ist nur, daß der Orden, zu dem es gehörte, ein in jeder Hinsicht häretischer Orden war.

Besonders ein Punkt der Regel dieses Ordens war merkwürdig: Jeden Morgen gab der Prior jedem von uns – wir waren etwa dreißig – einen viermal gefalteten Zettel. Auf einem dieser Zettel stand: *Tu hodie*, und nur der Prior wußte, wer ihn bekommen hatte. Ich glaube übrigens, daß an manchen Tagen alle Zettel weiß waren, aber da niemand das wußte, blieb das Resultat das gleiche. ›Du heute‹ – das hieß, daß der Bruder, der diesen Zettel erhalten hatte, ohne daß seine Mitbrüder es wußten, während des betreffenden Tags die Rolle des ›Versuchers‹ spielen mußte. Ich habe, bei afrikanischen und anderen wilden Stämmen, schreckenerregenden Kulthandlungen beigewohnt, die Menschenopfer und Anthropophagie einschlossen; aber ich bin nirgendwo einem Brauch begegnet, der ähnlich grausam gewesen wäre. Stellen Sie sich dreißig in Gemeinschaft lebende Menschen vor, die ohnehin schon von ständiger Sündenfurcht geplagt sind und die nun einander mit dem quälenden Gedanken ansehen, daß einer von ihnen, ohne daß sie wissen, wer, damit beauftragt ist, ihren Glauben, ihre Demut, ihre Frömmigkeit auf die Probe zu stellen. Das Ganze war die diabolische Karikatur einer großartigen Idee – der Idee nämlich, daß es in meinem Nächsten wie in mir selber jederzeit zwei Personen gibt: eine, die man hassen muß, und eine, die man lieben kann.

Brauchte es noch einen anderen Beweis für das Satanische des beschriebenen Brauchs, läge er darin, daß niemals einer der Brüder es abgelehnt hat, die Rolle des Versuchers zu übernehmen. Keiner, wenn das *Tu hodie* an ihn fiel, hegte den geringsten Zweifel, daß er der ihm zugeteilten Rolle gewachsen und würdig wäre. Der Versucher wurde selber das Opfer einer ungeheuerlichen Versuchung. Der Ordensregel gehorchend, habe auch ich mich verschiedene Male bereit gefunden, den Agent provocateur zu machen: die Erinnerung meines Lebens, die mich am meisten mit Scham erfüllt. Ich habe mich dazu bereit gefunden, solange ich noch nicht begriffen hatte, in welche Falle ich gegangen war. Bis dahin war es mir noch immer gelungen, den Teufel vom Dienst zu erkennen. Die Guten waren so unglaublich naiv! Immer die gleichen Tricks – die sie selber freilich für raffiniert hielten, die armen Teufel! Dabei bestand ihre ganze Geschicklichkeit darin, auf einer Reihe von allgemeinen Ausreden herumzureiten, wie: ›Die Ordensregel buchstäblich befolgen ist nur gut für Dummköpfe, die ihren Geist nicht verstehen‹, oder: ›Ich selber kann mir bei meinem Gesundheitszustand soviel Kasteiung leider nicht erlauben.‹

Einmal jedoch ist es dem Teufel vom Dienst gelungen, mich hereinzulegen. Die Rolle wurde an diesem Tag von einem großen, vierschrötigen Kerl mit blauen

Kinderaugen gespielt. Er näherte sich mir während der Rekreation und sagte: ›Ich sehe, daß Sie mich erkannt haben. Mit Ihnen ist eben nichts anzufangen; Sie sind zu scharfblickend. Im übrigen wissen Sie auch ohne diesen Kunstgriff, daß wir, außer und in uns, ständig von Versuchungen bedroht sind. Aber nehmen Sie die bodenlose Schwäche des Menschen: alle Mittel, die man ihm an die Hand gibt, sich wach zu halten, benutzt er dazu, mit ihnen seinen Schlummer zu schmücken. Er trägt das härene Hemd, wie man ein Monokel trägt, und er singt Matutin, wie man zum Golfplatz geht. Wenn unsere Techniker doch, anstatt dauernd Mittel zu erfinden, die das Leben erleichtern, ihr Wissen einmal auf die Herstellung von Instrumenten verwenden wollten, die den Menschen herausrissen aus seiner geistigen Erstarrung! Richtig zwar, daß es Maschinengewehre gibt, aber das geht zu sehr über das Ziel hinaus . . .‹

Er sprach so gut, daß ich mich noch am gleichen Abend mit fieberndem Hirn beim Prior meldete und von ihm die Erlaubnis erhielt, mich in meinen Mußestunden mit der Erfindung und Herstellung solcher Instrumente zu beschäftigen. Ich erfand auch sogleich einige: beispielsweise einen Füllfederhalter, der alle fünf oder zehn Minuten kleckste – zum Gebrauch für Schriftsteller, die mit allzu leichter Feder schreiben; ein kleines, tragbares Grammophon, das mit einem ähnlichen Hörer ausgestattet war, wie ihn die Hörapparate für Taube haben, und das einem in den unerwartetsten Augenblicken zuschrie: ›Für was hältst du dich eigentlich?‹; ein Luftkissen, das ich ›das sanfte Ruhekissen des Zweifels‹ nannte und das unversehens unter dem Kopf dessen, der darauf schlief, in sich zusammensank; einen Spiegel, der mit vieler Mühe so konstruiert war, daß jedes menschliche Gesicht darin als Schweinskopf erschien, und ähnliches mehr. Ich ging darin so auf, daß ich nicht einmal mehr den jeweiligen täglichen Versucher erkannte, der dementsprechend leichtes Spiel hatte, mich in meiner Tätigkeit noch zu bestärken; da erhielt eines Morgens ich das *Tu hodie*. Der erste Bruder, dem ich begegnete, war der große, vierschrötige Kerl mit den blauen Kinderaugen. Er empfing mich mit einem mokanten Lächeln, das mich augenblicklich ernüchterte. Ich sah sowohl das Kindische meiner Versuche wie das Schmähliche der mir zugedachten Rolle. Ich ging, allen Regeln entgegen, zum Prior und teilte ihm mit, daß ich nicht länger bereit sei, ›den Teufel zu machen‹. Er sprach mit mir in einer Mischung von Strenge und Sanftheit, die vielleicht aufrichtig, vielleicht aber auch nur Routine war. ›Mein Sohn‹, schloß er, ›Sie sind besessen von einem unheilbaren Drang zu verstehen, der es unmöglich macht, Sie länger hierzubehalten. Wir werden für Sie beten, daß Gott Sie auf anderen Wegen zu sich führen möge…‹

Noch am gleichen Abend nahm ich den Zug nach Paris. Ich war eingetreten ins Kloster als Bruder Petrus, ich verließ es als Vater Sogol. Ich habe dieses Pseudonym beibehalten. Meine Mitbrüder hatten mich so genannt meiner Veranlagung wegen, zumindest versuchsweise jeden mir vorgeschlagenen Satz in sein Gegenteil zu verkehren und bei allem Ursache und Wirkung, Prinzip und Folge, Substanz und Akzidens zu vertauschen. ›Sogol‹, das Anagramm von ›Logos‹, war zwar etwas albern und prätentiös, aber ich brauchte einen Namen, der gut klang; außerdem erinnerte er mich ständig an eine Denkmethode, die mir sehr genützt hat. Dank meinen wissenschaftlichen und technischen Kenntnissen fand ich bald Beschäftigung in verschiedenen industriellen Betrieben. Ich gewöhnte mich langsam wieder an das Leben der ›Welt‹ – zumindest äußerlich –, denn mich heimisch zu fühlen in dem aufgeregten Affenkäfig, den man so pathetisch ›das Leben‹ nennt, gelingt mir auch heute noch nicht.«

Von irgendwoher ertönte ein Gong.

»Meine gute Physika!« erklärte Vater Sogol. »Das Essen ist fertig. Kommen Sie.«

Wir verließen den künstlichen Gebirgspfad, und mit einer Handbewegung auf das in Form kleiner Rechtecke vor uns ausgebreitete menschliche Wissen sagte er bitter:

»Tombak, das alles! Alles Tombak! Von keiner dieser Tafeln ließe sich sagen: Hier ist eine Wahrheit – eine kleine, aber sichere Wahrheit. Alles sind entweder Dunkelheiten oder Irrtümer; und wo die einen aufhören, beginnen die anderen.«

Wir gingen in ein kleines, weiß getünchtes Zimmer, in dem der Tisch gedeckt stand.

»Etwas, das wenigstens *relativ* wahr ist – falls man diese beiden Begriffe verbinden kann, ohne daß es eine Explosion gibt«, sagte er, als wir vor der Schüssel Platz nahmen, auf der, mit allen Gemüsen der Jahreszeit garniert, ein gekochtes Stück Fleisch lag. »Und selbst dazu: mir eine Mahlzeit auf den Tisch zu bringen, die

27

weder Gelatine noch Bor-, noch Ameisensäure, noch sonst ein Chemikal der heutigen Nahrungsmittelindustrie enthält, braucht es die ganze bretonische Bauernlist meiner guten Physika. Aber es lohnt die Mühe: ein guter Gemüse-Fleischtopf ist immerhin mehr wert als eine schlechte Philosophie.«

Wir aßen schweigend. Mein Gastgeber fühlte sich nicht verpflichtet, beim Essen Konversation zu machen, und ich achtete ihn desto mehr. Genauso wenig, wie er sich scheute, zu denken, bevor er sprach, scheute er sich, zu schweigen, wenn es nichts zu sagen gab. Ich fürchte, so wie ich unsere Unterhaltung hier wiedergegeben habe, muß der Eindruck entstehen, daß er pausenlos geredet hätte; tatsächlich lagen zwischen dem, was er erzählte, oft weite Strecken des Schweigens, und auch ich hatte allerlei gesagt: ich hatte ihm, in großen Zügen, mein Leben erzählt; und was die Strecken des Schweigens betrifft: wie mit Worten Schweigen wiedergeben? Einzig die Poesie kann das.

Nach dem Essen kehrten wir in den »Park« zurück und streckten uns auf Teppichen und Lederkissen aus: ein sehr einfaches Mittel, einen niedrigen Raum höher zu machen. Die »gute Physika« brachte schweigend den Kaffee, und Sogol nahm das Gespräch wieder auf.

»Alles das füllt zwar den Magen, aber auch nicht mehr. Mit ein bißchen Geld gelingt es einem auch heute, sich die elementaren körperlichen Genüsse zu verschaffen. Der Rest ist Tombak. Unser Leben, soweit es sich zwischen Zwerchfell und Schädelwölbung abspielt, besteht aus nichts als Ticks und Tricks. Ich sei besessen von einem unheilbaren Drang zu verstehen, hatte der

Prior gesagt: ich will nicht sterben, ohne zu wissen, *warum* ich gelebt habe. Wie steht es mit Ihnen in dieser Hinsicht: haben Sie schon einmal Furcht vor dem Tod gehabt?«

Ich grub in meiner Erinnerung: in dem Teil meiner Erinnerung, der noch nicht berührt war von Worten, und begann stockend:

»Ja. Als ich sechs war, hatte ich von Fliegen sprechen hören, die einen nachts, wenn man schläft, stechen, und im Scherz hatte jemand gesagt: ›Und wenn man dann aufwacht, ist man tot.‹ Dieser Satz verfolgte mich. Wenn ich abends im Dunkel im Bett lag, versuchte ich, mir den Tod, das ›Nichts-mehr-da‹, vorzustellen. Ich unterdrückte in meiner Einbildung alles, was mein Leben ausmachte, und immer enger schloß sich um mich der Ring der Angst: nicht einmal ich mehr würde dasein . . . aber was war das eigentlich: ›ich‹? Es gelang mir nicht, es herauszufinden: ›ich‹ entglitt mir wie ein schlüpfriger Fisch. Ich konnte nicht mehr schlafen. Drei Jahre lang kehrten die Nächte, in denen ich mich so quälte, mehr oder weniger regelmäßig wieder. Dann kam mir eines Nachts der hilfreiche Gedanke, die Angst, anstatt sie zu leiden, zu beobachten und zu lokalisieren. Ich stellte daraufhin fest, daß sie mit einer Verkrampfung in meinem Bauch und meinem Hals zusammenhing; ich rief mir ins Gedächtnis, daß ich anfällig für Angina war; ich versuchte, mich zu entspannen und zu lockern. Die Angst verschwand. Ich dachte in diesem Zustand weiter an den Tod, aber nun überkam mich nicht mehr Angst, sondern ein ganz neues Gefühl – ein Gefühl, für das ich keinen Namen wußte und das gleichzeitig ein Geheimnis und Hoffnung in sich schloß . . .«

»Und dann sind Sie erwachsen geworden, haben studiert und haben angefangen, zu philosophieren, nicht wahr? Ähnlich ist es uns allen gegangen. Es scheint, daß mit Erreichen des Jünglingsalters unser inneres Leben geschwächt und von der Quelle des ihm natürlichen Mutes abgeschnitten wird. Das Denken wagt nicht mehr, sich der Realität und dem Geheimnis direkt zu stellen, es fängt an, sie durch die Augen der ›Großen‹ und die Lehrmeinungen von Büchern und Professoren zu sehen. Trotzdem bleibt auch dann noch eine Stimme, die, sooft sie kann, klagt, spricht und fragt – meistens dann, wenn plötzliche Veränderungen in unserem Leben den ihr angelegten Knebel lokkern –, aber wir pflegen sie schon rasch wieder zum Schweigen zu bringen. Ein bißchen verstehen wir uns also bereits. Ich kann Ihnen deshalb ruhig sagen, daß ich Furcht vor dem Tode habe.

Nicht Furcht vor der Einbildung vom Tod, die selber eine eingebildete ist. Auch nicht Furcht vor meinem Tod, dessen Datum man ins Standesamtsregister eintragen wird, vielmehr Furcht vor dem Tod, den ich jeden Tag sterbe: Furcht vor dem Tod jener Stimme, die auch mich seit meiner frühesten Kindheit fragt: ›Wer bist du?‹ und die zu ersticken alles in uns wie außer uns bemüht scheint. Wenn diese Stimme nicht spricht – und sie spricht nicht oft! –, bin ich eine leere Hülle, ein lebender Leichnam. Ich habe Furcht davor, daß sie eines Tages für immer verstummt oder erst zu spät wach wird – wie in Ihrer

Fliegengeschichte: ›Und wenn man dann aufwacht, ist man tot.‹

Jetzt wissen Sie's«, sagte er beinah böse. »Ich habe Ihnen alles Wichtige gesagt. Der Rest ist nebensächlich. Seit Jahren habe ich darauf gewartet, es jemand sagen zu können.«

Er hatte sich aufgerichtet, und ich begriff, daß er, um dem Druck des in ihm brodelnden Wahnsinns zu widerstehen, über eine eiserne Vernunft verfügen mußte. Er war jetzt etwas gelockerter und entspannter.

»Die einzigen guten Augenblicke meines Lebens«, fuhr er fort, »waren die Sommer, in denen ich meine Bergschuhe, meinen Rucksack und meinen Eispickel hervorholen und ins Gebirge fahren konnte. Ich habe nie lange Ferien machen können, aber ich habe die Zeit genutzt. Wenn ich, nach zehn oder elf mit der Vervollkommnung von Staubsaugern oder der Herstellung von synthetischen Parfümen verbrachten Monaten, aus dem Zug stieg und, die Muskeln noch steif von der Stadt, den ersten Schneehang erreichte, passierte es mir manchmal, daß ich, selig und leer, wie ein Kind losheulte. Einige Tage später, mich mit Rücken und Fußsohlen eine Felsspalte hochstemmend oder rittlings einen Grat bewältigend, hatte ich mich dann im allgemeinen wieder. Ich stieß in mir auf Personen, die ich seit dem Sommer davor aus dem Auge verloren hatte; und es waren immer dieselben.

Genau wie Sie hatte auch ich durch Bücher und auf Reisen von einer höheren Art des Menschen gehört, die zu allem, was für uns Geheimnis ist, den Schlüssel besitzt. Diesen Gedanken einer unsichtbaren, inmitten der Menschheit verborgenen anderen Menschheit aber als bloße Allegorie zu behandeln, konnte ich mich nicht bereit finden. Die Erfahrung, so sagte ich mir, bewies, daß von sich aus und direkt der Mensch nicht zur Wahrheit gelangte; es mußte also ein Zwischenglied existieren, das einerseits noch menschlich war und andererseits das Menschliche überstieg. Irgendwo auf der Erde mußte es sowohl eine höhere Art des Menschen geben wie einen Zugang zu ihr. Wenn das aber so war, mußte ich dann nicht meine ganze Kraft auf das Ziel richten, sie zu entdecken? Selbst wenn ich bei diesem Bemühen das Opfer einer grotesken Illusion würde, hätte ich doch nichts damit verloren, denn ohne diese Hoffnung ist unser Leben ohne Sinn.

Aber wo suchen? wo anfangen? Ich war weit gereist und hatte in alle möglichen Religionen, Sekten und Schulen hineingerochen; aber das Resultat war bei allen das gleiche: ›Kann sein Ja, kann sein Nein.‹ Warum also hätte ich mein Leben an die eine hängen sollen statt an die andere? Mir fehlte der Probierstein. Durch die Tatsache, daß wir jetzt zwei sind, wird alles anders: die Aufgabe wird dadurch zwar nicht zweimal so leicht, aber aus einer unmöglichen wird sie zu einer möglichen. Ähnlich, als wenn Sie mir, um die Entfernung eines Sterns zur Erde zu berechnen, nur einen Punkt der Erde als bekannt gäben: die Berechnung ist unter diesen Umständen nicht möglich; geben Sie mir dagegen zwei Punkte, ist sie möglich, weil ich dann das für die Berechnung nötige Dreieck konstruieren kann.«

Dieser unvermittelte Sprung in die Geometrie war typisch für ihn. Ich weiß nicht, wie weit ich ihn damals verstanden habe; ich entdeckte später, daß seine Art zu denken und Schlüsse zu ziehen einem, wenn auch minimen Irrtum unterlag; gleichwohl hatte sie Überzeugungskraft für mich.

»Ihr Artikel über den *Analog* hat mir die Erleuchtung gebracht«, fuhr er fort. »Es gibt ihn: wir beide wissen es./ Herauszufinden, wo er liegt, ist eine Sache der Berechnung. Ich verspreche Ihnen, daß ich in einigen Tagen, bis auf geringfügige Abweichungen, seine geographische Position ermittelt haben werde. Und dann brechen wir auf, nicht wahr?«

»Schon! Aber wie? Auf welchem Weg? Mit welchen Transport- und Geldmitteln? Für wie lange?«

»Das alles sind Nebensächlichkeiten. Im übrigen bin ich sicher, daß wir nicht allein bleiben werden. Zwei Menschen überzeugen einen dritten, und so, nach dem Schneeballsystem, fort – obwohl man mit dem rechnen muß, was die Leute ihren ›gesunden Menschenverstand‹ nennen, die Armen! Ihr ›gesunder Menschenverstand‹ hat ebenso recht, wie das Wasser recht hat zu fließen – solange man es nicht zum Gefrieren oder Kochen bringt, heißt das. Setzen wir die erste Zusammenkunft also gleich für nächsten Sonntag fest. Ich habe fünf oder sechs Freunde, die sicher kommen werden. Einer davon lebt in England, zwei andere in der Schweiz, aber sie werden dasein. Zwischen uns hat seit je die Vereinbarung bestanden, daß keiner eine große Reise antritt ohne die anderen. Und unser Vorhaben ist ja wohl eine große Reise!«

»Ich kenne ebenfalls ein paar Leute, die sich uns vielleicht anschließen würden«, sagte ich.

»Gut, laden Sie sie für vier Uhr nächsten Sonntag ein, aber Sie selber kommen bitte schon etwas früher, so gegen zwei. Meine Berechnungen werden dann fertig sein ... Müssen Sie wirklich schon gehen? ... Der Ausgang ist dort«, sagte er und zeigte auf das Fenster, aus dem das Seil herunterhing. »Nur meine Physika bedient sich der Treppe. Auf Wiedersehen!«

Ich kletterte hinaus und seilte mich in wenigen Augenblicken ab. Wieder auf der Straße, empfand ich mich als Fremder und nicht recht dazugehörig.

Wenn ich daran gedacht hätte, mich auf meinem Weg von der Passage des Patriarches zu meiner im Viertel von Saint-Germain-des-Prés gelegenen Wohnung ein wenig zu beobachten, hätte ich ein interessantes Gesetz entdecken können. Es ist das Hauptgesetz für das Verhalten des »Zweifüßlers ohne Federn, der unfähig ist, die Zahl π zu begreifen«, wie die Definition lautete, mit der Vater Sogol unsere Spezies umschrieb. Man könnte es das Resonanzbodengesetz nennen; die Bergführer des *Analog*, mit denen ich später darüber sprach, nannten es ganz einfach das Chamäleongesetz. Vater Sogol hatte mich wirklich überzeugt, und solange ich ihm zuhörte, war ich bereit, mich mit ihm auf das verrückteste Abenteuer einzulassen. In dem Maß jedoch, wie ich mich meiner Wohnung und damit dem Geleise meiner Gewohnheiten näherte, stellte ich mir vor, was meine Kollegen im Büro, die mir befreundeten Schriftsteller und meine sonstigen Bekannten sagen würden, wenn ich ihnen von Vater Sogol und meinem Besuch bei ihm erzählte. Ich hörte bereits ihre sarkastischen und mitleidigen Bemerkungen und fing an, der eben noch verspürten Begeisterung derart zu mißtrauen, daß ich etwas später, als ich meiner Frau von unserer Unterhaltung erzählte, zu meiner eigenen Überraschung Ausdrücke gebrauchte wie: »ein komischer Kerl«, »ein weggelaufener Mönch«, »ein etwas spinneter Erfinder«, »ein völlig verrückter Plan...« Ich war deshalb geradezu betroffen, als ich sie, nachdem ich mit meiner Erzählung fertig war, sagen hörte:

»Dein Vater Sogol hat recht. Ich werde noch heute mit den Reisevorbereitungen anfangen: ihr seid nämlich nicht mehr zwei, wir sind jetzt bereits drei.«

»Du nimmst die Sache also ernst?«

»Es ist die erste ernste Sache, die ich in meinem Leben gehört habe!«

Und die Macht des Chamäleongesetzes erwies sich als so groß, daß ich anfing, das von Vater Sogol vorgeschlagene Unternehmen von neuem als durchaus vernünftig anzusehen.

ZWEITES KAPITEL
welches das Kapitel der Vermutungen ist

Vorstellung der Eingeladenen – Ein Rednertrick – Ausein-
andersetzung des Problems – Unhaltbare Hypothesen – Bis
zur äußersten Absurdität – Nicht-euklidische Schiffahrt in
einem Suppenteller – Astronomen als Gewährsleute – Wieso
es den Analog gibt, als ob es ihn nicht gäbe – Ein Licht auf
die wirkliche Geschichte Zauberer Merlins – Lösung eines
Problems mittels der Methode, es als gelöst zu betrachten –
Das Sonnentor – Erklärung einer geographischen Anomalie –
Wo der Schwerpunkt der aus dem Wasser ragenden Teile der
Erde liegt – Ein scharfsinniges Rechenexempel – Der Mil-
liardärheiland – Vier, die uns im Stich lassen – Vorsichts-
maßnahmen

Am folgenden Sonntag begab ich mich um zwei Uhr mit meiner Frau in das »Laboratorium« in der Passage des Patriarches, und schon nach einer halben Stunde verstanden wir drei uns so gut, daß es nichts Unmögliches für uns mehr gab.

Vater Sogol hatte seine geheimnisvollen Berechnungen nahezu abgeschlossen, sparte sich aber ihre Erklärung für später auf, wenn auch die anderen Eingeladenen da waren. Bis dahin vertrieben wir uns die Zeit damit, uns gegenseitig die Leute, die jeder von uns gebeten hatte, zu beschreiben.

Von meiner Seite waren es:

Iwan Laps, zwischen fünfunddreißig und vierzig Jahre alt, Russe finnischer Abstammung und bedeutender Linguist. Verglichen mit anderen Linguisten bedeutend vor allem deshalb, weil er sich, mündlich wie schriftlich, auf einfache, elegante und korrekte Weise auszudrücken verstand, und das in mehreren Sprachen. Verfasser eines Buches, das *Die Sprache der Sprachen* hieß, sowie einer *Vergleichenden Grammatik der Zeichensprachen*. Ein kleiner, langschädliger Mann mit einem schwarzen Haarkranz, schrägsitzenden Schlitzaugen, schmaler Nase und traurigem Mund. Ein ausgezeichneter Gletscherkundler, mit einer Schwäche für Biwaks in großen Höhen.

Alphonse Camard, Franzose, fünfzig Jahre alt, ein ebenso produktiver wie erfolgreicher Dichter, bärtig, mit etwas Bauch und einem Air von Unordnung und Ausschweifung, das indes seine schöne, warme Stimme sogleich wiedergutmachte. Da ihm ein Leberleiden strapaziöse Touren untersagte, tröstete er sich mit dem Schreiben von Gedichten übers Gebirge. *Emile Gorge*, Franzose, fünfundzwanzig Jahre alt, Journalist, gewandt und weltläufig, mit einem leidenschaftlichen Interesse für Musik und Ballett, über die er glänzend schrieb. Meister im Abseilen, der den Abstieg dem Aufstieg vorzog. Klein, am Körper mager, im Gesicht feist, mit winzigem Mund und zu kurzem Kinn.

Judith Pancake endlich, eine Freundin meiner Frau, Amerikanerin, um die Dreißig, Gebirgsmalerin. Übrigens die einzige wirkliche Gebirgsmalerin, die ich kenne. Sie hat begriffen, daß das, was man von einem Gipfel sieht, einem anderen Blickfeld entspricht als ein Stilleben oder eine gewöhnliche Landschaft. Ihre Bilder geben bewundernswürdig die Kreisstruktur wieder, die in großer Höhe der Raum annimmt. Sie hält sich selber nicht für eine »Künstlerin«; sie malt nur »zur Erinnerung« an ihre Bergtouren. Aber sie malt mit so viel handwerklicher Gewissenhaftigkeit, daß die Krümmungsperspektive ihrer Bilder an jene Fresken erinnert, auf denen die frühchristlichen Maler versucht haben, den Himmel darzustellen.

Von seiten Sogols waren es:

Arthur Beaver, Engländer, zwischen fünfundvierzig und fünfzig Jahre alt, Arzt, Sportsegler und Alpinist. Kennt die lateinischen Namen und Eigentümlichkeiten aller Gebirgspflanzen und Gebirgstiere. Fühlt sich glücklich erst ab 15 000 Fuß Höhe. Dank welcher Hilfsmittel er wieviel Zeit auf einem der Gipfel des Himalaya verbrachte, hat er mir, mit der Begründung, daß er »als Arzt wie als Gentleman wie als Alpinist den

Ruhm wie die Pest scheue«, verboten mitzuteilen. Er war groß und knochig; sein blondes, graumeliertes Haar war heller als die sonnengebräunte Haut seines Gesichts; der Ausdruck seines Mundes wechselte zwischen Naivität und Ironie.

Hans und *Karl,* zwei Brüder, die jeder nur beim Vornamen nannte, fünfundzwanzig beziehungsweise achtundzwanzig Jahre alt, Österreicher, virtuose Kletterkünstler. Beide blond, aber das Gesicht des einen mehr eiförmig, das des anderen mehr rechteckig. Eiserne Muskeln und Fäuste. Hans studierte Mathematik, Physik und Astronomie; Karl interessierte sich für östliche Metaphysik.

Julie Bonasse, zwischen fünfundzwanzig und dreißig Jahre alt, eine belgische Schauspielerin, die zur Zeit in Paris, Brüssel und Genf ziemlichen Erfolg hatte. Sie war die Vertrauensperson eines Schwarms komischer junger Leute, die sie im Sinn höchster Spiritualität auf den rechten Weg zu bringen versuchte. Sie sagte mit der gleichen Überzeugung »Ich liebe Ibsen« wie »Ich liebe Kremschnitten«. Sie glaubte an die Existenz der »Bergfee« und lief im Winter an Orten mit Seillift Schi.

Benito Cicoria, um die Dreißig, Pariser Damenschneider. Klein, elegant und Hegelianer. Obwohl von Geburt Italiener, gehörte er einer Schule des Alpinismus an, die man – *grosso modo* – die deutsche nennen könnte. Die Methode dieser Schule läßt sich wie folgt zusammenfassen: Man geht den Berg von seiner steilsten Seite und auf der unsichersten, am meisten von Steinschlag bedrohten Strecke in der Weise an, daß man, ohne auf bequemere Aufstiegsmöglichkeiten rechts oder links zu achten, auf dem kürzesten Weg den Gipfel anvisiert. Im allgemeinen findet man dabei den Tod, aber ab und an kommt eine Seilschaft auch mal zum Ziel.

Zusammen mit Sogol, meiner Frau und mir machte das zwölf Personen.

Die Eingeladenen trafen mehr oder weniger pünktlich ein. Als erster erschien, eine Minute vor vier, Mister Beaver, und als letzte kam, wiewohl eine Probe sie aufgehalten hatte, immerhin nicht später als kurz nach halb fünf Julie Bonasse.

Nachdem jeder jedem vorgestellt worden war, setzten wir uns an einen langen Tisch, und unser Gastgeber nahm das Wort. Er wiederholte in großen Zügen unser Gespräch vom Sonntag zuvor, erklärte sich überzeugt davon, daß es den *Analog* gebe, und teilte mit, daß er im Begriff stehe, eine Expedition dorthin auszurüsten.

»Die meisten von uns«, fuhr er fort, »wissen bereits, auf welche Weise ich, in Form einer ersten Annäherung, das Feld, wo der *Analog* zu suchen ist, habe abstecken können. Für die paar, die noch nicht auf dem laufenden sind, sowie zur Auffrischung des Gedächtnisses der übrigen, werde ich die Voraussetzungen des Problems und die von mir daraus gezogenen Schlußfolgerungen noch einmal wiederholen.«

Er warf mir dabei einen halb boshaften, halb gebieterischen Blick zu, der mein Einverständnis mit seiner geschickten Lüge forderte. Denn wohlgemerkt, niemand war über etwas auf dem laufenden. Aber dank dieser List hatte jeder den Eindruck, zu einer noch nicht orientierten Minderheit zu gehören; er bildete sich ein, daß die anderen schon überzeugt seien, und war bereit, sich so rasch wie möglich seinerseits überzeugen zu lassen. Diese Methode Sogols, »das Publikum in die Tasche zu stecken«, wie er sich ausdrückte, war nach ihm eine einfache Übertragung jener mathematischen Methode, die darin besteht, »das Problem als gelöst zu betrachten«, oder, mit einem für ihn bezeichnenden Sprung in die Chemie, »das Beispiel einer Kettenreaktion«. Aber konnte man diese List, da sie ja doch im Dienst der Wahrheit stand, noch als Lüge bezeichnen? Jedenfalls spitzten alle die Ohren.

»Ich resümiere«, sagte er, »die Voraussetzungen des Problems. Erstens muß der *Analog* um ein Vielfaches höher sein als die höchsten uns bislang bekannten Berge. Sein Gipfel darf mit den hergebrachten Mitteln nicht zugänglich sein; aber da er der Weg ist, der den menschlichen Bereich mit höheren Regionen verbindet, muß sein Fuß – das ist der zweite Punkt – uns zugänglich sein; seine letzten Ausläufer müssen sogar bereits von uns ähnlichen menschlichen Wesen bewohnt werden. Sie dürfen sich also, was Klima, Flora, Fauna und kosmische Strahlung angeht, nicht zu sehr von den Bedingungen unterscheiden, die bei uns herrschen. Da der Berg selber außerordentlich hoch ist, muß sein Fuß breit genug sein, ihn zu tragen: es muß sich also um eine Landmasse handeln, die mindestens so groß ist wie die größten uns bekannten Inseln – so groß wie Neuguinea oder Borneo oder Madagaskar, vielleicht sogar so groß wie Australien.

Dies vorausgesetzt, ergeben sich drei Fragen: Wieso ist diese Landmasse den Augen der Forschungsreisenden bisher entgangen? Wie kann man sie erreichen? Wo liegt sie?

Ich werde zunächst auf die erste Frage antworten, die am schwierigsten zu lösen scheint. Auf der Erde soll es einen Berg geben, der höher ist als die höchsten Gipfel des Himalaya, und niemand soll ihn bisher bemerkt haben? Daß es ihn gibt, wissen wir *a priori* auf Grund des Gesetzes der Analogie; zur Erklärung, daß man ihn noch nicht bemerkt hat, bieten sich mehrere Hypothesen an. Einmal könnte er auf dem noch wenig erforschten australischen Kontinent liegen. Aber wenn man sich eine Karte dieses Kontinents vornimmt und mit Hilfe einer einfachen geometrischen Konstruktion das Feld absteckt, das von den bisher dort vermessenen Punkten der Blick hat übersehen können, muß man feststellen, daß ein Berg von mehr als achttausend Meter Höhe nicht hätte unbemerkt bleiben können – weder dort noch in einem anderen Erdteil.«

In geographischer Hinsicht erschien mir dieses Argument reichlich anfechtbar. Aber glücklicherweise achtete niemand darauf. Er fuhr fort:

»Sollte es sich vielleicht um einen unterirdischen Berg handeln? Gewisse Legenden, die vor allem in der Mongolei und im Tibet beheimatet sind, sprechen von einem unterirdischen Berg, der die Wohnstatt des »Herrn der Welt« ist und wo, einem unerschöpflichen Kornvorrat gleich, die überlieferte Weisheit verwahrt wird. Aber das entspricht nicht der zweiten Voraussetzung des *Analog*, biologische Bedingungen zu bieten, die den unseren genügend verwandt sind; und selbst wenn es diese unterirdische Welt gäbe, würde sie wahrscheinlich in der Flanke des *Analog* liegen. Da diese Hypothesen sich als nicht haltbar erweisen, müssen wir das Problem also anders stellen. Irgendwo auf der Erde muß es die von uns gesuchte Landmasse geben; wir müssen mithin herauszubekommen versuchen, auf Grund welcher Umstände sie nicht nur Schiffen und Flugzeugen unzugänglich ist, sondern sich sogar dem Blick entzieht. Theoretisch gesehen wäre es nämlich durchaus möglich, daß sie hier auf diesem Tisch läge, ohne daß auch nur einer von uns es vermutete.

Um Ihnen die Sache klarzumachen, werde ich in Form eines analogen Beispiels zu demonstrieren versuchen, wie es sich damit verhalten muß.«

Er holte aus dem Nebenzimmer einen Suppenteller, stellte ihn auf den Tisch und goß Öl hinein. Dann zerriß er ein Stück Papier in kleine Fetzen, die er auf die Oberfläche des Öls warf.

»Ich habe Öl genommen, weil sich diese zähe und klebrige Flüssigkeit für das Experiment besser eignet als Wasser. Diese ölige Oberfläche ist die Erdoberfläche, dieses Stück Papier ein Erdteil und dieses kleinere Stück ein Schiff. Mit der Spitze dieser Nadel schiebe ich das Schiff auf den Erdteil zu: Sie sehen, daß es mir nicht gelingt, es heranzubringen. Sobald es dem Ufer auf einige Millimeter nahe gekommen ist, wird es von dem Ölring, der den Erdteil umgibt, abgestoßen. Wenn ich etwas stärker schiebe, gelingt es mir natürlich. Aber gesetzt, daß die Oberflächenspannung genügend groß wäre, würden Sie mein Schiff um den Erdteil herumfahren sehen, ohne daß es ihn je berührte. Nehmen Sie nun einmal an, daß die Struktur des den

Erdteil umgebenden Ölrings nicht nur Körper, sondern auch Lichtstrahlen abstieße. Die Mannschaft des Schiffes würde unter diesen Umständen nicht nur den Erdteil umfahren, ohne ihn zu berühren: sie würde ihn nicht einmal zu Gesicht bekommen.

Für das Weitere wird diese Analogie jetzt zu grob; lassen wir sie also auf sich beruhen. Wie Sie wissen, übt tatsächlich jeder Körper auf die ihn passierenden Lichtstrahlen eine abstoßende Kraft aus. Diese von Einstein theoretisch erschlossene Tatsache ist anläßlich der Sonnenfinsternis am 30. Mai 1919 von den Astronomen Eddington und Crommelin verifiziert worden. Sie haben festgestellt, daß ein Stern, der sich, von uns aus gesehen, bereits hinter der Sonnenscheibe befand, gleichwohl noch sichtbar war. Diese Abweichung ist natürlich nur gering. Aber sollte es nicht bislang noch unbekannte – aus eben diesem Grund noch unbekannte – Stoffe geben, die eine weit stärkere Krümmung des Raums hervorrufen? Es muß wohl so sein, denn es ist die einzig mögliche Erklärung dafür, daß die Menschheit bisher von der Existenz des *Analog* ununterrichtet geblieben ist.

Das also habe ich, indem ich die nicht haltbaren Hypothesen einfach eliminierte, inzwischen herausgefunden. Irgendwo auf der Erde gibt es einen Erdteil von einigen Tausend Kilometern Umfang, über dem sich der *Analog* erhebt. Das Fundament dieses Erdteils besteht aus Stoffen, die den ihn umgebenden Raum in der Weise krümmen, daß der ganze Erdteil in einer Art Schale steckt. Woher kommen diese Stoffe? Sind sie außerirdischen Ursprungs? Stammen sie aus der Mittelpunktsregion der Erde, über deren Natur wir so wenig wissen, daß alles, was wir, den Geologen zufolge, darüber sagen können, sich darauf beschränkt, daß es in ihr weder im festen noch im flüssigen noch im Gaszustand so etwas wie Stoff geben kann? Ich weiß es nicht, aber wir werden es, *am Ort*, früh genug erfahren. Ich kann im übrigen noch folgern, daß die Schale, von der ich sprach, nicht vollständig geschlossen sein kann. Sie muß nach oben hin offen sein, um die für das Leben von Menschen nötige Sonnen- und sonstige Strahlung einzulassen; sie muß sich auch ein gutes Stück nach unten fortsetzen und aus dem gleichen Grund nach dorthin ebenfalls offen sein.«

Er stand auf und zeichnete eine Skizze auf eine Tafel.

»So etwa können wir uns – schematisch – den Raum dort vorstellen. Die gestrichelten Linien geben den Weg wieder, den die Lichtstrahlen nehmen; Sie sehen, daß sich diese Linien zum Himmel zu verbreitern und wieder in den allgemeinen Raum einmünden. Diese Verbreiterung muß aber erst in einer so großen und oberhalb der dichten Erdatmosphäre gelegenen Höhe stattfinden, daß nicht daran zu denken ist, in die Schale von oben, mit Hilfe von Flugzeugen oder Ballons einzudringen.

Stellen wir uns jetzt die Sache aus der Vogelschau vor, erhalten wir folgendes Schema. Die Region des *Analog* selbst darf keinerlei räumliche Anomalie aufweisen, da Wesen wie wir in ihr leben können müssen. Es handelt sich um einen mehr oder weniger ausgedehnten, unüberschreitbaren Krümmungsring, der den Erdteil in einem bestimmten Abstand mit einer sowohl unsichtbaren wie unüberwindlichen Mauer umzieht. Dank dieser Mauer spielt sich dann alles so ab, als ob es den *Analog* nicht gäbe. Nehmen wir an – warum, werde ich Ihnen noch erklären –, daß der gesuchte Erdteil eine Insel sei und daß sich ein Schiff an ihm entlang auf der Fahrt von A nach B befinde. Wir selber sind auf diesem Schiff, und auf B steht ein Leuchtturm. Ich sehe nun, von Punkt A, genau in der Fahrtrichtung des Schiffes, durch ein Fernrohr; ich erblicke den Leuchtturm B, dessen Lichtstrahlen den *Analog* in einem Halbkreis umgangen haben, und ahne nicht einmal, daß zwischen ihm und mir eine Insel mit hohen Gebirgen liegt. Ich setze meine Fahrt fort. Die Raumkrümmung lenkt sowohl das Licht der Sterne wie die Kraftlinien des Magnetfeldes der Erde so ab, daß ich, trotz Sextant und Kompaß, immer der Überzeugung bleibe, mich auf einer geraden Linie zu bewegen. Ohne daß dazu das Ruder in Tätigkeit zu treten braucht, wird sich das Schiff, mit allem, was es an Bord hat, so krümmen, daß seine Form sich der Bahn der den *Analog* in einem Halbkreis umgehenden Lichtstrahlen angleicht. Die Insel könnte also die Ausdehnung Australiens haben, und es wäre doch möglich, daß keiner sie je bemerkt hat. Verstehen Sie jetzt?«

Miss Pancake wurde plötzlich blaß vor Aufregung.

»Aber das ist doch die Geschichte Zauberer Merlins, den seine Geliebte Viviane in einen Hagedornbusch gebannt hat! Ich hatte diese Geschichte immer für dumm und für eine späte allegorische Zutat gehalten; jetzt begreife ich sie: eben durch seine Natur ist Zauberer Merlin unseren Blicken verborgen.«

Sogol schwieg einige Sekunden, um zu zeigen, wie sehr er Miss Pancakes plötzlichen Einfall schätze.

»Aber wird Ihr Kapitän«, sagte Mister Beaver endlich, »nicht eines Tages bemerken, daß er, um von A nach B zu kommen, mehr Kohle verbraucht als für gewöhnlich?«

»Keineswegs! Denn indem er der Krümmung des Raums folgt, verlängert sich auch das Schiff dementsprechend; das läßt sich mathematisch beweisen. Die Maschinen verlängern sich, jedes einzelne Stück Kohle verlängert sich . . .«

»Oh, ich verstehe: es kommt tatsächlich auf dasselbe hinaus. Aber wie soll man unter diesen Umständen je auf der Insel landen können – gesetzt selbst, daß sich ihre geographische Position bestimmen ließe?«

»Das war die zweite der zu lösenden Fragen, und ich habe sie gelöst, indem ich auch hier derselben Methode gefolgt bin: der Methode nämlich, das Problem als bereits gelöst anzusehen und dann alle Folgerungen zu ziehen, die sich daraus logischerweise ergeben. Diese Methode, kann ich sagen, hat mich noch nie, auf welchem Gebiet auch immer, im Stich gelassen.

Um das Mittel zu finden, zu der Insel vorzudringen, müssen wir sowohl die Möglichkeit wie die Notwendigkeit, zu ihr vorzudringen, als gegeben annehmen. Die einzige haltbare Hypothese in diesem Fall ist die, daß die »Krümmungsschale« nicht absolut, das heißt immer und für alle undurchdringlich ist. In einem bestimmten Augenblick und an einer bestimmten Stelle müssen bestimmte Personen (die, welche wissen und wollen) sie durchdringen können. Dieser gesuchte

49

privilegierte Augenblick aber muß bestimmt sein durch eine Zeiteinheit, die dem *Analog* und der übrigen Welt gemeinsam ist. Durch eine natürliche Uhr also – wahrscheinlich durch den Lauf der Sonne. Diese Hypothese wird gestützt von gewissen Überlegungen analogischer Natur und bestätigt schließlich dadurch, daß sie noch eine andere Schwierigkeit aus dem Weg räumt. Kehren wir noch einmal zu meinem ersten Schema zurück. Sie sehen, daß die Krümmungslinien sich nach oben hin verbreitern. Wie also soll die Sonne auf ihrem täglichen Lauf der Insel ständig ihre Strahlen zuschicken? Man muß annehmen, daß die Sonne die Eigenschaft besitzt, den die Insel umgebenden Raum zu »entkrümmen«. Sie muß also, bei ihrem Auf- wie bei ihrem Untergang, in gewisser Weise ein Loch in die Schale bohren; und durch dieses Loch werden wir die Insel betreten!«

Die Kühnheit und logische Überzeugungskraft dieser Deduktion ließ uns sprachlos. Alle schwiegen; alle waren überzeugt.

»Gleichwohl bleiben theoretisch noch einige Punkte«, fuhr Sogol fort, »die mir dunkel sind; zum Beispiel bin ich mir nicht im klaren über das genaue Verhältnis zwischen *Analog* und Sonne. Aber praktisch gibt es keinen Zweifel. Es genügt, eine Position östlich oder westlich des *Analog* zu erreichen und, je nachdem, den Sonnenauf- oder den Sonnenuntergang abzuwarten. Dann wird, solange die Sonnenscheibe sich noch mit dem Horizont überschneidet, einige Minuten lang das Tor offenstehen, und durch dieses Tor werden wir, wie gesagt, die Insel betreten.

Es ist schon spät. Ich werde Ihnen ein anderes Mal (vielleicht während der Überfahrt) erklären, warum es möglich ist, sich der Insel von Westen und nicht von Osten zu nähern: sowohl aus einem symbolischen Grund nämlich wie der Luftströmung wegen. Bleibt die dritte Frage, wo die Insel liegt.

Folgen wir auch hier wieder der gleichen Methode. Eine so schwere Masse wie die des *Analog* und seines Unterbaus müßte in den verschiedenen Bewegungen unseres Planeten merkliche Anomalien hervorrufen, und zwar einschneidendere, als bisher beobachtet worden sind. Aber der *Analog* existiert. Diese unsichtbare Anomalie der Erdoberfläche muß also von einer anderen Anomalie kompensiert werden. Nun will es das Glück, daß diese andere Anomalie sichtbar ist – so sichtbar sogar, daß sie Geologen und Geographen seit langem schon aufgefallen ist. Sie besteht in der überaus merkwürdigen Verteilung von Land und Wasser auf der Erde, die sie beinah in eine Hemisphäre des einen und eine solche des anderen hälftet.«

Er nahm einen Globus von einem Bücherbrett und stellte ihn auf den Tisch.

»Hier kurz das Prinzip meiner Überlegungen. Ich ziehe zunächst zwischen dem fünfzigsten und dem zweiundfünfzigsten Breitengrad eine diesen parallel verlaufende Linie; es ist die Linie, welche die meisten Landmassen schneidet. Sie läuft durch den Süden Kanadas und dann durch Südengland bis Sachalin. Ich ziehe nun den dazugehörigen Meridian. Er liegt zwischen dem zwanzigsten und dem achtundzwanzigsten Längengrad und verläuft von Spitzbergen bis Südafrika. Ich lasse ihm einen Spielraum von 8°, weil man das Mittelmeer sowohl als Meer im eigentlichen Sinn wie als großen Binnensee betrachten kann. Gewissen Überlieferungen nach müßte die beschriebene Linie genau die Cheopspyramide schneiden; für das Prinzip der Sache spielt diese Frage keine Rolle. Sie sehen, daß der Schnittpunkt der beiden Linien irgendwo im östlichen Polen, in der Ukraine oder in Weißrußland liegt, und zwar in dem Quadrat Warschau–Krakau–Minsk–Kiew . . .«

»Wunderbar!« rief Cicoria, der Schneider und Hegelianer. »Ich verstehe! Da die gesuchte Insel eine größere Oberfläche haben muß als das genannte Quadrat, ist die Annäherung genügend genau. Der *Analog* liegt also antipodisch zu diesem Gebiet . . . einen Augenblick, bitte . . . jawohl, dort: südöstlich von Tasmanien und südwestlich von Neuseeland, westlich der Aucklandinseln.«

»Gut gedacht«, sagte Sogol, »nur etwas zu rasch. Die Rechnung stimmte, wenn alle aus dem Wasser ragenden Teile der Erde die gleiche Dichte hätten. Aber angenommen einmal, wir schnitten aus einem planigloben Erdrelief alle Landmassen heraus und hängten das Ganze an einem in dem genannten Quadrat befestigten Faden auf. Es ist vorauszusehen, daß die amerikanischen, die eurasiatischen und die afrikanischen Bergmassen, die nahezu alle unter dem fünfzigsten Breitengrad liegen, dem südlichen Teil des Erdreliefs ein starkes Übergewicht geben würden. Da das Gewicht des Himalaya und der Gebirgsmassive der Mongolei und Afrikas das der Gebirgsmassen Amerikas möglicherweise übersteigt, käme zusätzlich vielleicht noch eine leichte Gewichtsverlagerung nach Osten hinzu; aber das kann ich genau erst nach eingehenderen Berechnungen sagen. Man muß also den Schwerpunkt der aus dem Wasser ragenden Teile der Erde stark nach Süden und vielleicht auch ein wenig nach Osten verschoben ansetzen. Das könnte uns auf den Balkan oder sogar nach Ägypten oder Chaldäa, den Ort des biblischen Eden bringen, aber verlieren wir uns nicht in Vermutungen. Der *Analog* liegt jedenfalls im Süd-Pazifik. Ich bitte Sie noch um einige Tage Geduld, um meine Berechnungen endgültig abzuschließen. Dann brauchen wir noch Zeit für die Vorbereitungen, sowohl was die Expedition selber betrifft wie daß jeder im Hinblick auf die lange Reise seine persönlichen Angelegenheiten ordnen kann. Ich schlage vor, die Abfahrt auf Anfang Oktober festzusetzen; wir hätten dann noch zwei Monate vor uns, und wir träfen im November, das heißt, wenn dort Frühling ist, im Süd-Pazifik ein.

Bleibt noch eine Reihe sekundärer, aber deshalb nicht unwichtiger Probleme zu regeln – beispielsweise, was die materielle Seite der Expedition angeht.«

Arthur Beaver sagte rasch:

»Meine Jacht *Impossible* ist ein gutes und seetüchtiges Schiff; ich habe mit ihr eine Weltreise gemacht; sie wird uns sicher hinbringen. Was das nötige Geld betrifft, so werden wir sehen; aber ich weiß schon jetzt, daß alles dasein wird, was wir brauchen.«

»Für dieses gute Wort«, sagte Sogol, »haben Sie sich das Recht auf den Titel eines ›Heilands der Milliardäre‹

erworbenm, mein lieber Arthur. Trotzdem bleibt noch Arbeit genug, und jeder wird das seinige dazu tun müssen. Setzen wir unsere nächste Zusammenkunft auf kommenden Sonntag zwei Uhr fest. Ich werde Ihnen dann das Ergebnis meiner endgültigen Berechnungen mitteilen, und wir werden einen gemeinsamen Aktionsplan aufstellen.«

Wir tranken danach noch etwas, rauchten eine Zigarette, und nachdem wir uns durch das Dachfenster abgeseilt hatten, ging jeder nachdenklich und für sich nach Haus.

In der Woche danach ereignete sich nichts, das berichtet werden müßte, es sei denn, daß einige Briefe kamen. Der erste war eine kurze und melancholische Mitteilung des Dichters Alphonse Camard, der bedauerte, daß ihm, alles wohlerwogen, sein Gesundheitszustand nicht erlaube, sich uns anzuschließen. Um auf seine Weise gleichwohl an der Expedition teilzunehmen, schickte er mir einige »Bergsteigerlieder« mit. Mit ihrer Hilfe werde uns sein Gedanke auf unserem bewundernswürdigen Abenteuer begleiten, wie er sich ausdrückte.

Auch Emile Gorge, der Journalist, schrieb. Er hatte einem Freund versprochen, im August nach Oisans zu kommen und mit ihm zusammen den steilen Südhang des Pic central der Meije-Gruppe zu machen (man weiß, daß ein Stein, den man von diesem Gipfel hinabwirft, fünf bis sechs Sekunden braucht, bevor er unten aufschlägt). Danach mußte er zu einer Reportage nach Tirol; aber er wollte nicht, daß wir seinetwegen unsere

54

Abreise verzögerten. Im übrigen bot er sich an, da er schon in Paris bleibe, alle Berichte, die wir ihm von unterwegs schicken wollten, in Zeitungen unterzubringen.

Auch Sogol hatte zwei Briefe bekommen: einen sehr langen, rührenden und pathetischen Brief von Julie Bonasse, die sich geteilt fühlte zwischen ihrer Kunst und ihrem Wunsch, sich uns anzuschließen. Es sci das härteste Opfer, das ihr das Theater bisher abverlangt habe, sagte sie, und sie hätte vielleicht auch revoltiert dagegen, aber was wäre dann aus ihren armen jungen Freunden geworden, deren Seelenpein sie zu lindern übernommen hatte?

»Wie?« sagte Sogol, als er mir den Brief vorgelesen hatte, »das treibt Ihnen nicht das Wasser in die Augen? Sie sind dermaßen verhärtet, daß Ihr Herz nicht wie eine Kerze schmilzt? Mich selber hat der Gedanke, daß sie vielleicht doch noch schwanken könnte, derart bewegt, daß ich ihr sofort geschrieben und sie darin bestärkt habe, bei ihrer Kunst und ihren Seelen zu bleiben.«

Dann hatte Benito Cicoria ihm noch geschrieben. Eine minutiöse Analyse seines Briefes, der zwölf Seiten lang war, brachte uns zu dem Schluß, daß auch er sich dafür entschieden hatte, uns nicht zu begleiten. Seine Gründe dafür waren in einer Folge »dialektischer Triaden« dargelegt, die zu resümieren unmöglich ist. Man konnte dem Brief allenfalls Satz für Satz folgen, und das war ein halsbrecherisches Unternehmen; es wimmelte darin nur so von Ausdrücken wie »epistemologische Bedingung«, »prädiskursiver Inhalt«, »dialektischer Reversus«, »ontologisch orientierter Prozeß«.

Vier also, die, wie man sagt, kniffen. Blieben acht. Sogol sagte mir übrigens, daß er mit einigen Absagen gerechnet habe. Eben deshalb hatte er bei unserer Zusammenkunft behauptet, daß seine Berechnungen noch nicht abgeschlossen seien, obwohl sie's waren. Er wollte nicht, daß die genaue geographische Position des *Analog* über den Kreis der Expeditionsteilnehmer hinaus bekannt würde. Man wird noch sehen, daß diese Vorsichtsmaßnahme nicht nur berechtigt, sondern sogar noch unzulänglich war. Wenn alles sich genau Sogols Deduktionen entsprechend verhalten hätte und ein Teil des Problems ihm nicht entgangen wäre, hätte diese Unzulänglichkeit jedenfalls leicht zu einer schrecklichen Katastrophe führen können.

DRITTES KAPITEL
welches das Kapitel der Überfahrt ist

Nichtgelernte Seeleute – Alle legen mit Hand an – Historische und psychologische Details – Das Maß für die Kraft des menschlichen Gedankens – Daß wir höchstens bis vier zählen können – Experimente, die diese These stützen – Die Lebensmittel – Ein tragbarer Gemüsegarten – Artifizielle Symbiose – Heizapparate – Das Westtor und der Meerwind – Versuche – Ob Gletscher Lebewesen sind – Die Geschichte von den Hohlmenschen und der bitteren Rose – Das Problem des Geldes

Wie vorgesehen, schifften wir uns am 10. Oktober auf der *Impossible* ein. Wir waren, wie man sich erinnern wird, acht: Arthur Beaver, der Besitzer der Jacht; Pierre Sogol, der Leiter der Expedition; Iwan Laps, der Linguist; die Brüder Hans und Karl; Judith Pancake, die Gebirgsmalerin; meine Frau und ich. Wir waren unter uns übereingekommen, niemandem etwas über das wirkliche Ziel unserer Expedition zu sagen, denn entweder hätte man uns für verrückt gehalten, oder – wahrscheinlicher noch – man hätte geglaubt, daß wir komische Geschichten erzählten, um den wahren Zweck unseres Unternehmens zu verschleiern, über den man dann alle möglichen Vermutungen angestellt haben würde. Wir hatten also erzählt, daß wir einige Inseln Ozeaniens sowie die Gebirge Borneos und Australiens erforschen wollten. Jeder von uns hatte Vorkehrungen für eine längere Abwesenheit von Europa getroffen.

Arthur Beaver hatte Wert darauf gelegt, seine Schiffsmannschaft davon zu unterrichten, daß die Expedition von langer Dauer sein werde und möglicherweise sogar Gefahren einschließe. Er hatte diejenigen seiner Leute, die Frau und Kinder hatten, mit einer Entschädigung entlassen und außer dem Kapitän, einem Irländer und ausgezeichneten Seemann, für den die *Impossible* so etwas wie ein zweites Ich geworden war, nur drei verwegene Burschen behalten. Wir acht hatten beschlossen, die fehlenden Seeleute, so gut es ging, zu ersetzen – übrigens die beste Art, uns während der Überfahrt die Zeit nicht lang werden zu lassen.

Wir waren natürlich zu diesem Beruf keineswegs sonderlich geeignet. Einige von uns litten unter Seekrankheit; andere, die ihrer selbst nie sicherer waren, als wenn sie über einem vereisten Abgrund schwebten, ertrugen nur mit äußerstem Unbehagen das Stampfen unseres kleinen Schiffes. Der Weg zur Erfüllung höchster Wünsche geht eben oft übers Unerwünschte.

Jedesmal, wenn der Wind günstig war, setzte die zweimastige *Impossible* Segel. Hans und Karl lernten rasch, mit ihnen umzugehen, und verstanden sich schließlich ebenso gut und ebenso körperlich auf Segel, Luft und Wind, wie sie sich auf Seil und Fels verstanden. Die beiden Frauen verrichteten Wunder in der Küche; Sogol assistierte dem Kapitän, indem er die Position bestimmte, die Arbeit einteilte und uns half, die notwendigen Handgriffe zu erlernen. Arthur Beaver wusch das Deck und wachte über unsere Gesundheit. Iwan Laps machte sich mit den Maschinen vertraut, und aus mir wurde ein leidlicher Kohlenträger.

Der Zwang harter, gemeinsamer Arbeit machte aus uns eine große Familie, und dazu eine, wie man sie selten findet. Dabei waren wir, was Charakter und Veranlagung betraf, so verschieden wie nur möglich, und es kam vor, daß zum Beispiel Iwan Laps fand, Miss Pancake mangle es hoffnungslos an Sinn für genaue Wortbedeutungen. Hans sah mich scheel an, wenn ich etwas obenhin von den »angeblich exakten Wissenschaften« sprach, und Karl arbeitete nur ungern mit Sogol zusammen, der, wie er behauptete, nach Neger roch, wenn er schwitzte. Mich wiederum brachte der zufriedene Gesichtsausdruck auf, den Beaver jedesmal zeigte, wenn er Hering zu essen bekam – dabei war es eben der gute Beaver, der als Arzt und als Schiffsherr dafür sorgte, daß uns weder physisch noch psychisch irgendeine Krankheit befiel. Immer, wenn einer von uns anfing, die Art zu gehen, zu sprechen, zu essen eines anderen als aufreizend zu empfinden, brachte er es mit sanftem Spott fertig, die Sache wieder einzurenken.

Wenn ich diese Geschichte so schriebe, wie man gemeinhin eine Geschichte schreibt oder wie jeder sich selber seine Geschichte erzählt, als imaginäres Kontinuum nämlich, in dem nur die glorreichen Augenblicke vorkommen, würde ich diese Details ausgelassen und dafür gesagt haben, daß unsere Herzen Tag und Nacht im Takt des gleichen Wunsches schlugen. Aber das Feuer, welches die Wünsche heizt und die Gedanken beflügelt, hält vor immer nur einige Sekunden lang; die übrige Zeit lebt man von der Erinnerung daran.

Glücklicherweise ließ uns die schwere tägliche Arbeit, zu der jeder sein Teil beizutragen hatte, nie vergessen, daß wir uns aus freien Stücken hier befanden, daß wir aufeinander angewiesen waren und daß dies ein Schiff war, das heißt eine vorübergehende Wohnung, dazu bestimmt, uns woanders hinzubringen; und wenn es einer doch einmal vergaß, brachten es ihm die anderen rasch wieder zu Bewußtsein.

Vater Sogol hatte uns bei einer dieser Gelegenheiten erzählt, daß er früher einmal Experimente angestellt habe, um die Kraft des menschlichen Gedankens zu messen. Ich gebe hier nur das wieder, was ich davon verstanden habe. Zuerst hatte ich mich gefragt, ob und wieweit man Sogol wörtlich nehmen dürfe, und ich hatte ihn, meiner Lieblingsbeschäftigung entsprechend, als einen Erfinder »abstrakter Symbole« bewundert, in denen, anders als für gewöhnlich, etwas Abstraktes für etwas Konkretes eintritt. Inzwischen habe ich begriffen, daß das Gegensatzpaar abstrakt–konkret nur wenig Sinn hat – was ich übrigens auch schon bei Xenophanes von Elea oder selbst bei Shakespeare hätte lernen können: eine Sache ist, oder sie ist nicht. Sogol hatte also versucht, »den Gedanken zu messen«, und zwar nicht im Sinn der Psychotechniker und Testpsychologen, die sich darauf beschränken, die Art, wie jemand etwas tut, damit zu vergleichen, wie es im allgemeinen getan wird. Für ihn handelte es sich vielmehr darum, die Kraft des Gedankens absolut auszudrücken. »Diese Kraft«, sagte Sogol, »ist arithmetisch. Jeder Gedanke beruht nämlich auf der Fähigkeit, die Unterteilungen eines Ganzen aufzufassen. Nun sind aber auch die Zahlen nichts anderes als Unterteilungen eines gleichviel welchen Ganzen. Ich beobachtete also an mir und an anderen, wie viele Zahlen ein Mensch tatsächlich denken, das heißt sich vorstellen kann, ohne sie durcheinanderzubringen und ohne sie aufzuschreiben; desgleichen, wie viele aus einer Voraussetzung sich ergebende Folgerungen er auf einmal zu übersehen imstand ist; wie viele zu einem Genus gehörende Spezies; wie viele Beziehungen zwischen Ursache und Wirkung, Zweck und Mittel – und ich bin nie über 4 gekommen. Diese Zahl entspricht dabei sogar einer außergewöhnlichen und nur selten gemachten Anstrengung. Der Gedanke des Idioten bringt es nicht über 1; der Normalgedanke der meisten Menschen geht bis 2, manchmal bis 3, nur ausnahmsweise bis 4. Ich werde, wenn Sie wollen, einige dieser Experimente mit Ihnen wiederholen. Passen Sie auf.«

Um das Folgende zu verstehen, muß man sich den angeführten Experimenten gutwillig unterziehen. Außerdem gehören dazu noch Aufmerksamkeit, Geduld und Ruhe.

Sogol fuhr also fort:

»1. Ich ziehe mich an, um aus dem Haus zu gehen; 2. ich gehe aus dem Haus, um einen Zug zu kriegen; 3. ich muß den Zug kriegen, um zur Arbeit zu fahren; 4. ich muß arbeiten, um mir meinen Lebensunterhalt zu verdienen . . . Versuchen Sie, dieser Kette noch ein fünftes Glied anzuhängen, und ich bin sicher, daß Sie mindestens eins der drei ersten Glieder aus dem Sinn verlieren.«

Wir machten das Experiment: was Sogol gesagt hatte, stimmte; er hatte sogar noch ein bißchen untertrieben.

»Nehmen Sie jetzt eine andere Kette: 1. Eine Bulldogge ist ein Hund; 2. Hunde sind Säugetiere; 3. Säugetiere sind Wirbeltiere; 4. Wirbeltiere sind Tiere . . . Ich gehe nun noch einen Schritt weiter und sage: Tiere sind Lebewesen – im gleichen Moment habe ich ›Bulldogge‹ vergessen, und wenn ich mich an ›Bulldogge‹ erinnere, vergesse ich ›Wirbeltiere‹ . . . Sie werden aber bei allen Gedankenketten oder logischen Unterteilungen das gleiche Phänomen feststellen. Deshalb nehmen wir dauernd das Akzidens für die Substanz, die Wirkung für die Ursache, das Mittel für den Zweck, unseren Körper oder unseren Intellekt für uns selber und uns selber für etwas Ewiges.«

Die Laderäume unseres kleinen Schiffes waren mit Vorräten, Apparaten und Instrumenten gefüllt. Beaver hatte das Problem der mitzunehmenden Lebensmittel nicht nur methodisch, sondern auch mit großer Erfindungsgabe behandelt. Fünf Tonnen mußten genügen, uns acht und die vier Mann Besatzung zwei Jahre lang ausreichend zu ernähren – wobei der schlimmste Fall gesetzt war: daß wir unterwegs nämlich keine Gelegenheit finden würden, unsere Vorräte zu ergänzen. Die Kunst, sich richtig zu ernähren, ist ein wichtiger Bestandteil des Alpinismus, und Beaver hatte es darin zu einem hohen Grad von Vollendung gebracht. Das klassische Mahl der Picknicks, das aus kaltem Fleisch, Wurst, Ölsardinen, Wein, Apfelsinen und ähnlichem besteht, wirkt in großen Höhen leicht toxisch; andererseits fehlt es der gewöhnlichen Nahrung des Bergsteigers auf der Basis von getrockneten Früchten, Zucker, Fett und Mehlprodukten, so gut sie auch für Wanderungen von ein bis zwei Tagen sein mag, für Unternehmungen von längerer Dauer zu sehr an Füll- und katalytischen Stoffen. Beaver hatte einen »tragbaren Gemüsegarten« erfunden, der nicht mehr als fünfhundert Gramm wog; er bestand aus einem mit synthetischer Erde gefüllten Kasten, in den besonders schnell wachsende Sorten gesät wurden; jeder dieser Kästen lieferte im Durchschnitt alle zwei Tage eine für eine Person ausreichende Portion Grünzeug, dazu noch eine Handvoll delikat schmeckender kleiner Pilze. Beaver hatte auch versucht, sich die neuesten Methoden künstlicher Gewebekultur zunutze zu machen (anstatt Rinder aufzuziehen, konnte man genausogut direkt Beefsteaks züchten, wie er meinte); aber die Einrichtungen dazu hatten sich als zu schwer und zu empfindlich, die damit erzielten Produkte als reichlich ekelerregend erwiesen, und er hatte seine Versuche wieder aufgegeben. Besser, auf Fleisch zu verzichten.

Dafür hatte Beaver, mit Hilfe von Hans, die Atmungs- und Heizgeräte verbessert, deren er sich im Himalaya bedient hatte. Besonders das Atmungsgerät war höchst erfindungsreich. Dem Gesicht wurde eine Maske aus elastischem Stoff angepaßt; die ausgeatmete Luft wurde durch einen Schlauch in den »tragbaren Gemüsegarten« geleitet, wo das durch die in großen Höhen herrschende starke ultraviolette Strahlung noch aktivierte Chlorophyll der jungen Pflanzen sich des in der Kohlensäure enthaltenen Kohlenstoffs bemächtigte und dem Menschen dafür ein zusätzliches Quantum Sauerstoff zurückgab. Die Arbeit der Lungen und die Elastizität der Maske bewirkten einen leichten Überdruck, und das Gerät war so berechnet, daß es in jedem Fall ein optimales Luftgemisch garantierte. Die Gemüsepflanzen nahmen auch den Überschuß an ausgeatmetem Wasserdampf auf, und die Wärme des Atems beförderte ihr Wachstum. Der so in kleinstem Maßstab funktionierende biologische Kreislauf ermöglichte eine merkliche Einsparung von Lebensmitteln. Kurz, die Kombination der beiden Geräte realisierte eine Art künstlicher Tier-Pflanzen-Symbiose. Die anderen Lebensmittel bestanden aus Konzentraten in Form von

Mehl, gehärtetem Öl, Zucker, Milch- und Käsepulver. Für sehr große Höhen waren wir mit Sauerstoffapparaten und einem komplizierten Atmungsgerät versehen. Von den Diskussionen, zu denen dieses Material Anlaß gab, und was schließlich aus ihm wurde, werde ich zu gegebener Zeit berichten.

Dr. Beaver hatte früher einmal Kleidung erfunden, die auf Grund eines darin stattfindenden katalytischen Verbrennungsprozesses heizte, hatte aber nach Versuchen damit festgestellt, daß daunengefütterte Kleidung mit einer Luftschicht dazwischen, welche die Wärme hält, auch bei großer Kälte durchaus ausreicht. Heizapparate waren nur nötig für Biwaks, und da konnte man dieselben petroleumgeheizten Öfen brauchen, die auch zum Kochen dienten; Petroleum ist ein leicht zu transportierender Stoff, von dem schon geringe Mengen viel Wärme liefern, vorausgesetzt allerdings, daß man einen Spezialofen benutzt, der seine vollständige (und dementsprechend auch geruchlose) Verbrennung sichert. Immerhin, da wir nicht wußten, bis zu welchen Höhen uns unser Unternehmen führen würde, hatten wir, für jeden Fall, auch Kleidung mitgenommen, die mit einem Doppelfutter aus platinüberzogenem Asbest versehen war, in welches man mit Alkoholdämpfen gesättigte Luft einließ.

Wir führten natürlich auch alles übrige, dem Alpinisten unentbehrliche Material mit, also: Bergstiefel und alle Arten von Nägeln, Seile, Krampen, Hämmer, Karabinerhaken, Eispickel, Schneereifen, Schier, nicht zu vergessen Instrumente wie Kompasse, Neigungs- und Höhenmesser, Barometer, Thermometer, Diopter und Fotoapparate. Auch Gewehre, Karabiner, Revolver, Haumesser, sogar Dynamit hatten wir bei uns, kurz alles, was man braucht, um für jede Eventualität gerüstet zu sein.

Sogol führte das Logbuch. Ich bin zu unerfahren in seemännischen Dingen, um von den Zwischenfällen unserer Fahrt berichten zu können, die im übrigen weder zahlreich noch sensationell waren. Nachdem wir von La Rochelle in See gestochen waren, machten wir Zwischenlandungen auf den Azoren, auf Guadeloupe und in Colon und erreichten, nachdem der Panamakanal passiert war, in der ersten Novemberwoche den Süd-Pazifik.

An einem dieser Tage erklärte uns Sogol, warum man versuchen müsse, von Westen, bei Sonnenuntergang, und nicht von Osten, bei Sonnenaufgang, zu dem unsichtbaren Erdteil vorzudringen: weil sich dann nämlich vom Meer ein kalter Luftstrom erheben und sich auf die vom Tag erhitzten unteren Hänge des *Analog* stürzen mußte. Man würde so von der Insel angesaugt werden, während man bei Annäherung von Osten und bei Sonnenaufgang nur heftig zurückgeschleudert werden konnte. Dieses Resultat war übrigens schon symbolisch vorauszusehen gewesen. Kulturen wandern auf dem Weg ihres natürlichen Verfalls von Osten nach Westen; um zu den Quellen zurückzukehren, muß man den umgekehrten Weg gehen.

In dem Gebiet angekommen, das nach Sogols Berechnungen westlich des *Analog* lag, mußten wir eine Zeitlang herumsuchen. Wir kreuzten mit herabgesetzter

67

Geschwindigkeit, und jeden Abend, kurz bevor der Sonnenball den Horizont berührte, drehten wir nach Osten und warteten, kaum atmend und mit weit aufgerissenen Augen, bis die Sonne verschwunden war. Das Meer war glatt. Aber das Warten fiel schwer. Tag um Tag verging; und jeden Abend die paar Minuten voller Angst und Hoffnung. An Bord der *Impossible* begannen sich Ungeduld und Zweifel bemerkbar zu machen. Glücklicherweise hatte Sogol uns darauf vorbereitet, daß dieses Suchen uns vielleicht ein bis zwei Monate kosten würde.

Wir hielten aus. Um uns die allemal schwierigen Stunden zu erleichtern, die auf den Sonnenuntergang folgten, erzählten wir uns Geschichten.

Ich erinnere mich, daß wir eines Tages über Gebirgssagen sprachen. Mir scheine, sagte ich, als ob das Gebirge ärmer an Sagen wäre als der Wald und das Meer. Karl erklärte das, auf seine Weise, wie folgt:

»Das Gebirge hat keinen Platz fürs Phantastische, weil seine Realität um vieles wunderbarer ist als das, was man erfinden kann. Können Zwerge, Riesen, Drachen es an Gewalt und Geheimnis mit einem Gletscher aufnehmen? Denn Gletscher sind Lebewesen, weil sich ihre nahezu gleichbleibende Gestalt periodisch erneuert. Ein Gletscher ist ein Organismus: mit einem von dem übrigen Körper durch den Bruch deutlich unterschiedenen Kopf – dem Firnfeld –, mit dem er Schnee und Felsbrocken verschlingt; sodann mit einem riesigen, von Spalten und das überschüssige Wasser abführenden Rinnen durchfurchten Bauch, der die Verwandlung des Schnees in Eis besorgt; und endlich mit einem Unterteil, das in Form von Moränen die unverdaulichen Reste ausscheidet. Sein Leben wird vom Rhythmus der Jahreszeiten bestimmt. Er schläft im Winter und erwacht mit gewaltigem Krachen im Frühjahr. Einige Gletscher pflanzen sich sogar auf eine Weise, kaum primitiver als die der Einzeller, durch Trennung oder Verschmelzung fort.«

»Das klingt mir mehr nach Metaphysik als nach Wissenschaft«, sagte Hans. »Lebewesen ernähren sich mittels chemischer Prozesse, während sich die Masse eines Gletschers mittels physikalischer und mechanischer Prozesse wie Gefrieren und Schmelzen, Druck und Zug erhält.«

»Meinetwegen!« sagte Karl. »Das hindert indes nicht, daß die Naturwissenschaft, soweit sie sich mit dem Studium der Übergangsformen zwischen Physik und Chemie, Chemie und Biologie befaßt, der Beobachtung von Gletschern nützliche Fingerzeige entnehmen könnte. Vielleicht hat die Natur hier einen ersten Versuch unternommen, mit Hilfe ausschließlich physikalischer Prozesse Lebewesen zu schaffen.«

»Vielleicht!« sagte Hans. »Das Wort ›vielleicht‹ hat keinen Sinn für mich. Es steht fest, daß die Substanz eines Gletschers keinen Kohlenstoff enthält und dementsprechend keine organische Substanz ist.«

Iwan Laps, der sich darin gefiel, mit seiner Kenntnis der Weltliteratur zu brillieren, unterbrach ihn.

»Trotzdem hat Karl recht. Schon Victor Hugo, als er vom Rigi zurückkam, der selbst zu der Zeit kein eigentlich hoher Berg mehr war, hat bemerkt, daß der

Anblick hoher Gipfel unseren normalen optischen Gewohnheiten derart widerspricht, daß das Natürliche den Charakter des Übernatürlichen annimmt. Er behauptet sogar, daß ein durchschnittlicher menschlicher Verstand diese Störung seiner Sehgewohnheiten nicht ertrage, und erklärt daraus die hohe Zahl von Geisteskranken in Gebirgsgegenden.«

»Das letzte ist Unsinn«, sagte Arthur Beaver, »aber sonst stimmt's. Miss Pancake zeigte mir noch gestern Gebirgslandschaften, die das, was Sie sagten, bestätigen.«

Miss Pancake warf, ungeschickt gestikulierend, ihre Teetasse um. Beaver fuhr fort:

»Aber Sie täuschen sich, wenn Sie meinen, das Gebirge wäre arm an Sagen. Ich habe viele und sehr merkwürdige gehört, allerdings nicht in Europa.«

»Erzählen Sie«, lud Sogol ein.

»Nicht so rasch«, sagte Beaver. »Ich will Ihnen gerne eine dieser Geschichten erzählen; die, die sie mir erzählt haben, haben mir das Versprechen abgenommen, nicht zu verraten, woher sie stammt; übrigens spielt das auch keine Rolle. Aber ich möchte sie so genau wie möglich wiedererzählen, und dazu muß ich mich erst auf das Original besinnen, und dann muß Freund Laps mir beim Übersetzen helfen. Morgen nachmittag also, wenn Sie wollen.«

Am nächsten Tag – die Jacht lag aufgebraßt auf der immer noch glatten See – setzten wir uns nach dem Mittagessen zusammen, um Beavers Geschichte zu hören. Im allgemeinen sprachen wir Englisch untereinander, manchmal auch Französisch, denn jeder von uns kannte sich genügend in beiden Sprachen aus. Iwan

Laps hatte für seine Übersetzung das Französische gewählt und las sie auch selber vor.

GESCHICHTE VON DEN HOHLMENSCHEN
UND DER BITTEREN ROSE

Die Hohlmenschen wohnen im Stein; sie bewegen sich darin in Gestalt wandernder Kavernen. Im Eis bewegen sie sich in Gestalt menschenförmiger Blasen. An die Luft wagen sie sich nicht, weil sie dann der Wind davontragen würde.

Im Stein haben sie Häuser, deren Mauern aus Löchern bestehen, und im Eis Zelte, deren Tuch Blasen sind. Tagsüber bleiben sie im Stein, und nachts irren sie im Eis umher, wo sie bei Vollmond tanzen. Aber nie sehen sie die Sonne, weil sie sonst platzten.

Sie essen nur Leeres; sie essen die Form von verendeten Tieren; und sie berauschen sich an leeren Worten — an allen leeren Worten, die wir sprechen.

Manche sagen, daß sie immer waren und immer sein werden; andere sagen, sie seien Tote; wieder andere sagen, daß jeder Lebende, so wie zum Degen die Scheide, zum Fuß die Spur gehört, in einem dieser Hohlmenschen sein Gegenstück besitzt und daß, wenn er stirbt, sich beide vereinigen.

Im Dorf der Hundert Häuser lebten der alte Zauberpriester Kissee und seine Frau Hulee-Hulee. Sie hatten zwei Söhne, die Mo und Ho hießen — Zwillinge, die nichts unterschied. Selbst ihre Mutter verwechselte sie. Um sie auseinanderhalten zu können, hatte man am Tag der Namengebung Mo eine Kette mit einem kleinen Kreuz und Ho eine Kette mit einem kleinen Ring um den Hals gehängt.

Den alten Kissee plagte ein heimlicher Kummer. Dem Her-
kommen nach war sein ältester Sohn sein Nachfolger. Aber
wer war sein ältester Sohn? Hatte er überhaupt einen ältesten
Sohn?

Als sie das Jünglingsalter erreichten, waren Ho und Mo
vollendete Bergsteiger. Man nannte sie die beiden Überall-
Durch. Eines Tages sagte der alte Kissee zu ihnen:

»Dem von euch beiden, der mir die Bittere Rose bringt, werde
ich das Große Wissen vermachen.«

Die Bittere Rose wächst auf den Gipfeln der höchsten Berge.
Sobald einer, der davon gegessen hat, sich anschickt, eine Lüge
zu sagen oder zu denken, brennt ihm die Zunge. Er kann sie
dann zwar noch sagen, aber er ist gewarnt. Einige haben die
Bittere Rose gesehen: sie gleicht, ihren Erzählungen zufolge,
einer Art großer, vielfarbiger Flechte oder einem Schmetter-
lingsschwarm. Aber noch niemand hat sie pflücken können,
denn bei der geringsten Regung von Furcht in ihrer Nähe
erschrickt sie und verschwindet im Fels. Auch sie begehren
hilft dabei nicht, denn wer sie begehrt, hat immer auch ein wenig
Furcht davor, sie zu erlangen, und sogleich ist sie nicht mehr
da.

Um etwas als unmöglich oder absurd zu bezeichnen, sagt man
deshalb:

»Das ist dasselbe, als wenn man versuchen wollte, die Bittere
Rose zu pflücken.«

Mo hat seine Seile, seinen Hammer, sein Beil und seine Haken
genommen. Die Sonne überrascht ihn auf einem der Hänge des
Durchbohr-die-Wolken. Manchmal wie eine Eidechse und
manchmal wie eine Spinne arbeitet er sich zwischen dem Weiß
der Schneefelder und dem Blauschwarz des Himmels die Rote

Wand hoch. Von Zeit zu Zeit hüllen ihn kleine, rasch ziehende Wolken ein, um ihn gleich darauf wieder freizugeben.

Da sieht er ein Stück über sich die Bittere Rose; sie strahlt im Glanz von Farben, die nicht die Farben des Spektrums sind. Unaufhörlich sagt er sich den Zauberspruch vor, den ihn sein Vater gelehrt hat und der vor der Furcht bewahrt.

Um sich hinaufzuschwingen, brauchte er für sein Seil einen Ringbolzen. Er treibt ihn mit Hammerschlägen in den Stein, und seine Hand versinkt in einem Loch. Hinter der Felskruste ist ein Hohlraum. Er schlägt den Stein weg und stellt fest, daß der Hohlraum die Form eines Menschen hat: Leib, Arme und zwei schmerzverkrampfte Hände; den Kopf hat sein Hammer getroffen.

Ein eisiger Wind streicht über die Wand. Mo hat einen Hohlmenschen getötet. Er hat gezittert, und die Bittere Rose ist im Fels verschwunden.

Mo kehrt ins Dorf zurück und sagt seinem Vater: »Ich habe einen Hohlmenschen getötet. Aber ich habe die Bittere Rose gesehen, und morgen gehe ich sie holen.«

Der alte Kissee versank in Betrübnis. Er sah eine Kette von Unglücken auf sich zukommen. Er sagte: »Nimm dich in acht vor den Hohlmenschen; sie werden den Toten an dir zu rächen versuchen. In unsere Welt können sie nicht hinein. Aber sie können bis an die Oberfläche der Dinge kommen. Hüte dich vor der Oberfläche der Dinge.«

Im Morgengrauen des Tages danach stieß Hulee-Hulee, die Mutter, einen Schrei aus, stand auf von ihrem Bett und rannte in die Berge. Am Fuß der Roten Wand lagen Mos Kleider, seine Seile, sein Hammer und seine Halskette mit dem Kreuz. Er selber war nicht mehr da.

»Ho«, rief sie, »mein Sohn, sie haben deinen Bruder getötet!«

Ho beißt die Zähne zusammen; seine Haare sträuben sich. Er nimmt sein Beil und will gehen. Sein Vater sagt: »Hör erst, was du tun mußt. Die Hohlmenschen haben deinen Bruder geraubt. Sie haben ihn in einen Hohlmenschen verwandelt. Er wird alles tun, um ihnen zu entfliehen. Er wird zum Glasklaren Gletscher kommen und in den Eisblöcken an dessen Tor das Licht suchen. Häng dir seine und deine Kette um den Hals. Geh auf ihn zu und schlag ihn an den Kopf. Tritt in die Hohlform seines Körpers, dann wird Mo wieder bei uns sein. Fürchte dich nicht davor, einen Toten zu töten.«

Auf dem blauschimmernden Eis des Glasklaren Gletschers sieht Mo sich überall um. Täuscht ihn das Spiel des Lichts, oder täuschen ihn seine Augen, oder sieht er tatsächlich, was er sieht? Er sieht seinen Bruder Mo, das heißt dessen Hohlform, die flieht, und hinter ihm Hohlmenschen, die ihn verfolgen, aber das Licht fürchten. Mos Form flieht zum Licht, erreicht einen der blauschimmernden Eisblöcke und dreht sich, wie um nach einem Ausgang zu suchen, um sich selbst.
Ho stürzt hinzu, obwohl ihm das Blut in den Adern gerinnt und sein Herz stockt. »Fürchte dich nicht davor, einen Toten zu töten«, sagt er zu seinem Blut und zu seinem Herz, holt mit dem Beil aus und trifft die Form am Kopf. Mos Form erstarrt. Ho schlägt den Eisblock auf und schlüpft in Mos Form, die ihm paßt wie dem Degen die Scheide und dem Fuß seine Spur. Dann befreit er sich wieder aus dem Eismodel, und er hört sich Worte sagen in einer Sprache, die er nie gesprochen hat. Er fühlt, daß er Ho ist und Mo zugleich. Alle Erinnerungen Mos sind auf ihn übergegangen — auch der Weg zum Gipfel des Durchbohr-die-Wolken und der Standort der Bitteren Rose.

*Die Kette mit dem Ring und die Kette mit dem Kreuz um den
Hals, kehrt er zu Hulee-Hulee zurück. »Mutter, jetzt
brauchst du uns nicht mehr auseinanderzuhalten. Mo und Ho
sind jetzt ein Leib. Ich bin dein einziger Sohn Moho.«
Der alte Kissee vergoß ein paar Tränen, und sein Gesicht
glättete sich wieder. Aber ein Zweifel noch blieb, den er
beseitigen wollte. Er sagte zu ihm: »Du bist mein einziger
Sohn. Ho und Mo brauchen sich jetzt nicht mehr zu unter
scheiden.«
Aber Moho sagte mit Festigkeit: »Jetzt kann ich dir die
Bittere Rose bringen. Mo weiß den Weg und Ho, wie man sie
pflückt. Meister der Furcht, die Blume der Unterscheidung
wird mein sein.«
Er pflückte die Blume, erbte das Wissen, und der alte Kissee
konnte die Welt verlassen.*

Auch an diesem Abend ging die Sonne unter, ohne uns
das Tor zu der anderen Welt geöffnet zu haben.
Noch ein Problem hatte uns während dieser Tage des
Wartens stark beschäftigt. Man besucht nicht ein fremdes Land, zumal wenn man dort etwas zu erwerben
vorhat, ohne sich genügend mit Geld zu versehen.
Gemeinhin führen Forschungsreisende zu Tausch-
zwecken mit ihnen eventuell begegnenden »Wilden«
oder »Eingeborenen« allen möglichen Krimskrams
mit: Messer, Spiegel, Kämme, Patenthosenträger und
Strumpfhalter, Schnaps, Tabak und Tabakspfeifen,
alte Gewehre, vergammelte Munition, Sacharin, Mili-
tärkäppis, Orden, von Devotionalien ganz zu schweigen. Da wir im Lauf unserer Reise und vielleicht sogar
im Innern des von uns gesuchten Kontinents auf Völ-

kerschaften stoßen konnten, die zur gewöhnlichen Menschheit gehörten, hatten auch wir für solche als Tauschartikel dienende Waren gesorgt. Aber was sollte zwischen uns und den Menschen vom höheren Typ des *Analog* die Tauschbasis bilden? Was besaßen wir, das wirklich Wert hatte? Womit konnten wir die neue Erkenntnis, die wir dort suchten, bezahlen? Würden wir sie am Ende erbetteln müssen oder auf Kredit erwerben?

Jeder von uns machte eine Art Bestandsaufnahme, und von Tag zu Tag fühlten wir uns ärmer, da wir weder in noch außer uns etwas fanden, das uns wirklich gehörte. So waren es acht von Grund auf arme und von allem entblößte Menschen, die, als ein bestimmter Abend kam, die Sonne untergehen sahen.

VIERTES KAPITEL
welches das Kapitel ist, in dem wir ankommen und in dem das Geldproblem präzise Form annimmt

Wir sind angelangt – Alles ist neu und nichts überraschend – Wir werden befragt – Einrichtung in Port-des-Singes – Die alten Schiffe   Das Geldsystem – Der Peradám als Währungsgrundlage – Die Entmutigten des Küstenstreifens – Entstehung der Kolonien – Passionierende Beschäftigungen – Metaphysik, Soziologie, Linguistik – Flora, Fauna und Mythen – Studien- und Forschungsvorhaben – »Hallo, wann brechen Sie eigentlich auf?« – Ein häßlicher Uhu – Der unvorhergesehene Regen – Vereinfachung sowohl des äußeren wie des inneren Gepäcks – Der erste Peradám!

Lange Erwartung des Unbekannten setzt das mögliche Überraschungsmoment herab. Erst drei Tage sind wir in dem kleinen, vorläufigen Haus in Port-des-Singes am Ufer des *Analog*, und schon ist alles uns vertraut. Von meinem Fenster aus sehe ich die *Impossible* in der Bucht vor Anker liegen, und das Meer, auf das sich die Bucht öffnet, ist das gleiche wie andere Meere auch, nur daß sich sein Horizont, einem optischen Phänomen zufolge, über das Sogol im Zimmer nebenan sich den Kopf zerbricht, mit dem Lauf der Sonne von Morgen bis Mittag merklich hebt und dann, von Mittag bis Abend, wieder senkt. Da man mich damit beauftragt hat, das Tagebuch unserer Expedition zu führen, versuche ich schon seit dem frühen Morgen, unsere Ankunft hier zu beschreiben; aber es gelingt mir nicht wiederzugeben, wie alles daran außergewöhnlich war und selbstverständlich zugleich. Ich habe versucht, mir die privaten Aufzeichnungen des einen und anderen meiner Reisegefährten zunutze zu machen: vielleicht, daß das mir weiterhilft. Ein wenig zählte ich auch auf die Fotos, die Hans und Karl gemacht hatten; aber beim Entwickeln stellte sich heraus, daß alle Filme leer waren; unmöglich, mit dem üblichen Material hier etwas zu fotografieren: ein weiteres optisches Problem, das Sogol Kopfzerbrechen macht.

Drei Tage also ist es her, daß wieder einmal die Sonne sich dem Horizont näherte und wir ihr den Rücken drehten und uns auf dem Vorschiff versammelten: da erhob sich plötzlich ein Wind, oder vielmehr ein starker Sog bemächtigte sich des Schiffes; der Raum vor uns wich zurück, eine Leere ohne Boden tat sich auf:

eine Art horizontaler Abgrund aus Wasser und Luft, zu unmöglichen Ringen vermischt. Das Schiff krachte in allen Fugen und glitt, wie in einem umgekehrten Stapellauf, eine ansteigende Schräge hinan dem Zentrum des Abgrunds zu, um sich gleich darauf, sanft schaukelnd, in einer weiten, ruhigen Bucht wiederzufinden. Das Ufer war nah genug, daß wir Bäume und Häuser erkennen konnten; darüber lagen Äcker, Wiesen, Wälder und Felsen; noch höher die verschwimmenden Umrisse in die Tiefe sich staffelnder Berggipfel und in der Abenddämmerung rot flammende Gletscher. Eine Flottille von Barken, die mit je zehn Ruderern bemannt waren – trotz der braungebrannten nackten Oberkörper offensichtlich Europäer –, schleppte uns zu unserem Ankerplatz. Man hatte uns allem Anschein nach erwartet. Die ganze Szenerie erinnerte stark an ein mittelmeerisches Fischerdorf. Wir fühlten uns keineswegs in etwas Fremdes versetzt. Der Anführer der Barken geleitete uns schweigend in ein weißes Haus, wo uns in einem leeren, mit roten Fliesen ausgelegten Zimmer ein Mann in Bergkleidung empfing. Er sprach perfekt Französisch, aber mit der heimlichen Belustigung eines, der die Ausdrücke, die er brauchen muß, um sich verständlich zu machen, reichlich komisch findet. Man merkte ihm an, daß er, wenn auch fließend und ohne den geringsten Fehler, übersetzte. Er befragte uns einen nach dem anderen. Jeder seiner Fragen, obwohl sie durchaus einfach klangen: Wer wir waren? Warum wir hergekommen seien? – setzte uns in Verlegenheit und gab uns einen Stich. Wer waren wir? Man konnte ihm nicht so antworten, wie man einem

Konsulatsangestellten oder Zöllner antwortet. Seinen Namen und Beruf angeben – was sagt das schon? Nicht was, sondern wer wir waren, wurde gefragt, und die Antworten, die wir gaben, waren albern und ohne Überzeugungskraft. Leere Worte – das lernten wir schon jetzt – haben bei den Bergführern des *Analog* keinen Verkehrswert. Sogol rettete die Situation, indem er kurz unsere Reise und deren Vorgeschichte erzählte.

Auch der Mann, der uns empfangen hatte, war ein Bergführer. Alle Regierungsgewalt in diesem Land liegt bei ihnen. Sie bilden eine Klasse für sich und üben, außer ihrem eigentlichen Beruf als Bergführer, wechselweise auch alle in den Küstensiedlungen und den Orten des niedrigen Berglandes anfallenden Verwaltungstätigkeiten aus. Der Bergführer, mit dem wir sprachen, gab uns die notwendigen Aufschlüsse über das Land und über das, was wir zu tun hatten. Wir waren in einer kleinen Küstenstadt gelandet, die von Europäern, vorzugsweise Franzosen, bewohnt war. Eingeborene gibt es hier nicht. Alle Einwohner sind, wie wir, von woanders gekommen, und jede Nation hat ihre eigene, an der Küste gelegene Kolonie. Wie kam es dann aber, daß wir ausgerechnet auf diese, Port-des-Singes genannte und von Westeuropäern wie wir bewohnte Stadt gestoßen waren? Es war, wie wir später erfahren sollten, kein Zufall, und der Wind, der uns hergeführt hatte, war kein natürlicher Wind, sondern gehorchte einem Befehl. Warum aber der merkwürdige Name Port-des-Singes – *Affenhafen* –, wo es doch in der ganzen Region keinen einzigen Affen gab?

Ich weiß es nicht; ich weiß nur, daß mich dieser Name in wenig schmeichelhafter Weise an mein europäisches Erbe erinnerte: Neugier, Nachahmungsbedürfnis, Schamlosigkeit und Hektik. Unser Hafen konnte einfach nur Port-des-Singes sein. Von dort mußten wir zusehen, daß wir eine der, zwei Tagesmärsche entfernt in den höheren Weidegründen gelegenen, als Expeditionsbasis dienenden Hütten erreichten, wo wir den Bergführer trafen, der uns weiterhelfen würde. Wir mußten also einige Tage in Port-des-Singes bleiben, um unser Gepäck und eine Trägerkolonne zusammenzustellen, denn die Basis mußte für lange Zeit mit Vorräten versorgt werden. Wir wurden in ein sauberes, aber nur dürftig möbliertes kleines Haus gebracht, in dem jeder von uns eine Art Zelle bekam, in der er sich nach Belieben einrichtete. Außerdem gab es in dem Haus noch ein mit einem Herd versehenes gemeinsames Zimmer, in dem wir unsere Mahlzeiten einnahmen und am Abend Rat hielten.

Hinter dem Haus erhob sich über waldbestandenen Ausläufern ein Schneegipfel. Nach vorn hinaus lag der Hafen, wo unser Schiff ankerte: der jüngste Beitrag zur seltsamsten Flotte der Welt. Dicht an dicht lagen in den Buchten der Küste entlang Schiffe aller Länder und Zeiten, die ältesten bis zur Unkenntlichkeit mit Salz, Algen und Muscheln überkrustet. Phönizische Barken, Triremen, Galeeren, Karavellen, Schoner, sogar zwei Raddampfer und ein Aviso; aber die Schiffe aus neuerer Zeit waren weniger zahlreich. Die ältesten wußten wir kaum zu benennen; und alle diese aufgegebenen Schiffe schliefen ruhig ihrer Zerstörung durch Wasser und Wind, Meerespflanzen und Meerestiere entgegen: jener Zersetzung und Zerstreuung der Substanz, die das Schicksal aller leblosen Dinge ist, auch wenn sie höchsten Zwecken gedient haben.

Die ersten beiden Tage waren hauptsächlich damit ausgefüllt, unsere Vorräte, Apparate, Instrumente von der Jacht in unser Haus zu schaffen, sie auf ihren Zustand zu untersuchen und sodann die Traglasten zusammenzustellen, die wir in je zwei Tagesmärschen zu unserer Ausgangsbasis befördern mußten. Mit Hilfe des Kapitäns und der drei Mann Schiffsbesatzung ging das rasch vonstatten. Für den ersten Tagesmarsch stand ein guter Saumpfad zur Verfügung, auf dem wir die großen und flinken braunen Esel brauchen konnten, die es hier gab, anschließend mußte alles auf Rücken und Schultern von Menschen transportiert werden. Wir hatten also Esel zu mieten und Träger zu verpflichten. Das Geldproblem, das uns so stark beschäftigt hatte, war – zumindest provisorisch – gleich bei unserer Ankunft gelöst worden. Der Bergführer, der uns empfing, hatte uns, in Form eines Darlehens, einen Sack der Metallspielmarken – *Jetons* – gegeben, mit denen man hier Waren und Dienste einhandeln kann. Geld unserer Währung hatte, wie von uns vorausgesehen, hier keinen Kurs. Jeder Neuankömmling erhält einen gewissen Vorschuß, der ihn instand setzt, seine ersten Ausgaben zu bestreiten, und den er sich verpflichtet, im Lauf seines Aufenthalts zurückzuzahlen. Diese Rückzahlung war auf verschiedene Weise möglich, und da das Geldproblem sowohl im privaten wie im öffentlichen Leben der Küstensiedlungen eine wichtige Rolle spielt, muß ich etwas näher darauf eingehen.

Man findet hier – in den niedrigen Lagen nur selten, je höher dagegen, desto zahlreicher – einen durchsichtigen und ungewöhnlich harten kugelförmigen Stein von wechselnder Größe, der zwar ein echter, aber – das stempelt ihn zur Ausnahme! – gekrümmter Kristall ist. In dem Französisch, das man in Port-des-Singes spricht, heißt er *Peradám*. Iwan Laps ist ratlos, sowohl was Bildung wie ursprünglichen Sinn des Wortes angeht. Nach ihm kann es einmal bedeuten: »härter als Diamant«, sodann »Vater *(père)* des Diamanten«. Er ist tatsächlich härter als der Diamant, und wie man sagt, soll der Diamant ein durch eine Art Quadratur des Kreises oder vielmehr Kubatur der Kugel entstandenes Entartungsprodukt des Peradám sein. Das Wort könnte aber auch noch »Der Stein Adams« – *la pierre d'Adam* – heißen und somit auf eine versteckte Gemeinsamkeit zwischen ihm und der ursprünglichen Natur des Menschen hinweisen. Die Klarheit des Steins ist so groß und sein Brechungsindex, trotz seiner Dichte, so nah dem Brechungsindex der Luft, daß ein unvorbereitetes Auge ihn meist erst gar nicht sieht; wer ihn dagegen aufrichtigen Herzens und aus einem wirklichen Bedürfnis heraus sucht, dem offenbart er sich durch den Glanz seines Feuers, das dem des Lichts in einem Tautropfen ähnlich ist. Der Peradám ist das einzige, dem die Bergführer des *Analog* Wert zuerkennen. Er bildet hier ebenso die Währungsgrundlage wie bei uns das Gold.

Die einzige anständige Art, seine Schulden zu zahlen,

besteht denn auch darin, sie in Peradáms zu bezahlen. Aber der Peradám ist selten und ihn suchen und sammeln schwierig und gefährlich, denn oft muß man ihn aus einer Gletscher- oder aus der Spalte einer Felswand hervorholen. Viele darum, die nach manchmal jahrelangen Bemühungen resignieren und an die Küste zurückkehren, wo es leichtere Möglichkeiten gibt, seine Schulden zu bezahlen: in Form von Jetons nämlich, die man sich verdienen kann, indem man als Bauer oder Handwerker oder Schauermann arbeitet; und hüten wir uns, gering zu denken von ihnen: ohne sie könnte man hier weder Lebensmittel kaufen noch Esel mieten noch Träger finden.

»Und was ist, wenn man seine Schulden nicht bezahlt?« hatte Arthur Beaver gefragt.

Die Antwort war: »Wenn Sie Küken großziehen, schießen Sie ihnen Körner vor, die diese, wenn sie Hühner geworden sind, Ihnen in Form von Eiern zurückgeben. Aber was geschieht mit einem Huhn, das, wenn es soweit ist, nicht legt?«

Wir schwiegen und schluckten.

Am dritten Tag, während ich dies schrieb und Judith Pancake vor dem Haus Skizzen machte und Sogol sich mit der Lösung optischer Probleme abmühte, waren die fünf anderen, ihren Neigungen folgend, in verschiedenen Richtungen fortgegangen. Meine Frau war einkaufen gegangen, und Hans und Karl hatten sie begleitet; unterwegs hatten sie sich, wie meine Frau erzählte, in ein Streitgespräch verstrickt, dem nur schwer zu folgen war und das, wie es scheint, über äußerst heikle metaphysische und para-mathematische

Fragen ging. Insbesondere handelte es sich um das Problem der Krümmung der Zeit und der Krümmung der Zahlen. Gab es so etwas wie eine Grenze für die Aufzählung des einzelnen, hinter der man plötzlich – nach Hans – auf die Einheit oder – nach Karl – auf die Totalität stieß? Erhitzt und ohne die Last bekannter und unbekannter Gemüse und Früchte auf ihrem Rücken überhaupt bemerkt zu haben, waren sie heimgekehrt. Die aus allen Erdteilen von den Kolonisten hier akklimatisierten frischen Gemüse und Früchte waren uns nach der langen Seefahrt willkommen. Der Sack voll Jetons war dick; wir achteten nicht zu sehr darauf, was wir ausgaben; und wie Laps sagte: Was sein muß, muß sein.

Laps war in der Stadt spazierengegangen und hatte sich mit allen möglichen Leuten unterhalten, um die Spracheigentümlichkeiten und das öffentliche Leben zu studieren. Er berichtete uns sehr interessant darüber, aber nach dem Vorfall nach dem Mittagessen dieses Tages habe ich keine Lust mehr, davon zu erzählen. Das heißt, doch! Ich habe zwar keine Lust mehr, aber ich schreibe schließlich nicht zu meinem Vergnügen, und das eine oder andere Detail wird dem Leser sicher von Nutzen sein. Das Wirtschaftsleben in Port-des-Singes ist ziemlich einfach, aber rege; es dürfte dem eines europäischen Marktfleckens vor Einführung der Maschinentechnik ähneln, denn weder Verbrennungs- noch andere Motoren sind hier erlaubt. Auch jeder Gebrauch von Elektrizität ist verboten – was in einem Bergland eigentlich wundernimmt. Ebenfalls verboten ist der Gebrauch von Explosivstoffen. Die Kolonie, die – wie gesagt – in der Mehrzahl aus Franzosen besteht, hat ihre Kirchen, ihren Stadtrat und ihre Polizei; aber alle Gewalt kommt von oben, das heißt von den Bergführern, deren Delegierte der Verwaltung und Polizei vorstehen. Ihre Autorität ist unbestritten, denn sie gründet auf dem Besitz von Peradáms, und die Küstenbewohner haben nur Jetons, die zwar die fürs Leben notwendigen Tauschgeschäfte erlauben, aber keine Macht verleihen. Noch einmal, denken wir nicht gering von denen, die sich, entmutigt von den Schwierigkeiten des Aufstiegs, an der Küste oder im niedrigen Bergland niedergelassen haben und dort ein bescheidenes Leben führen. Dank den Anstrengungen, die sie auf sich genommen haben, um hierherzukommen, bleibt ihren Kindern wenigstens dieser Teil der Reise erspart. Sie kommen schon am Ufer des *Analog* zur Welt, wo sie weniger den unheilvollen Einflüssen einer entarteten Kultur ausgesetzt sind und überdies ständigen Kontakt mit den Bergführern haben, so daß sie, wenn der Wunsch in ihnen wach wird, die große Reise dort fortsetzen können, wo ihre Eltern sie abgebrochen haben.

Der Teil der Bevölkerung, der anderen Ursprungs ist, scheint sich aus Nachfahren von Sklaven und Abkömmlingen der Schiffsbesatzungen zusammenzusetzen, die die Sucher des *Analog* vor Zeiten mitgebracht haben. Daher die zahlreichen schwarzen und gelben Gesichter, denen man in der Kolonie begegnet. Da Frauen unter den damaligen Schiffsbesatzungen selten gewesen sein müssen, ist anzunehmen, daß die Natur, indem sie ihr Harmoniegesetz spielen ließ, durch einen

Überschuß an weiblichen Geburten das gestörte Gleichgewicht nach und nach wiederhergestellt hat. Bei vielem, was ich hier berichte, handelt es sich allerdings nur um Vermutungen.

Nach dem, was man Laps in Port-des-Singes erzählt hatte, ist das Leben in den anderen Küstenstädten dem hier ziemlich ähnlich, nur daß eben jede Nation ihre eigene Sprache und ihre eigenen Sitten mitgebracht hat. Die Sprachen indes haben sich, trotz des ständigen Beitrags der Neuankömmlinge, unter dem Einfluß der Bergführer, die eine Sprache für sich haben, auf ganz eigentümliche Weise fortentwickelt; das Französisch von Port-des-Singes zum Beispiel weist sowohl Archaismen wie zahlreiche Lehnwörter und Neologismen auf: ich nannte bereits das Wort *Peradám*. Diese Besonderheiten fanden ihre Erklärung, als wir später selber mit der Sprache der Bergsteiger in Berührung kamen.

Arthur Beaver kehrte rosig von einer längeren Wanderung in die Umgebung zurück, wo er die Flora und Fauna studiert hatte. Das gemäßigte Klima von Port-des-Singes begünstigt das Vorkommen von Tieren und Pflanzen unserer Länder, aber man trifft dort auch unbekannte Arten. Die merkwürdigsten darunter sind eine baumartig wachsende Winde, deren Keimkraft so groß ist, daß man sie, als ein langsames Dynamit, bei Erdarbeiten zum Sprengen von Felsen benutzt; der Feuerbovist, ein großer Staubpilz, der platzt und weithin seine Sporen verstreut, worauf er einige Stunden später als Resultat eines heftigen Gärungsprozesses in Brand gerät; der sprechende Busch, eine Mimosenart, deren Früchte verschiedenförmige Resonanzkästen bilden, die im Wind menschliche Stimmtöne hervorbringen und wie Papageien in ihrer Nähe gesprochene Worte wiederholen; die Reifenassel, ein nahezu zwei Meter langer Tausendfüßler, der sich damit vergnügt, sich zum Ring zu biegen und mit großer Geschwindigkeit die Halden hinabzurollen; die dem Chamäleon ähnelnde Zyklopeneidechse, die, neben zwei normalen, verkümmerten Augen, ein großes Stirnauge hat und, obwohl sie wie ein alter Archivar aussieht, in hohem Ansehen steht; endlich die Flugraupe, eine Art Seidenwurm, der aus den Gasen in seinem Leib bei schönem Wetter eine umfangreiche Blase bildet, die ihn durch die Luft trägt; die Flugraupe gelangt nie zur Reife und vermehrt sich durch Parthenogenese.

Waren diese unbekannten Pflanzen- und Tierarten in fernen Zeiten von Kolonisten hergebracht worden, oder gab es hier auch einheimische Pflanzen und Tiere? Beaver wußte es vorerst nicht zu entscheiden. Ein alter Bretone, der sich in Port-des-Singes als Schreiner niedergelassen hatte, hatte ihm einige alte, offenbar aber mit allerlei Fremdgut sowie mit Lehren der Bergsteiger vermischte Mythen erzählt, die auf diese Frage Bezug haben. Die Bergführer, die wir später nach dem Wert dieser Mythen fragten, antworteten dem Schein nach immer ausweichend; einer sagte: »Sie sind genauso wahr wie eure Märchen und wissenschaftlichen Theorien«; ein anderer: »Ein Messer ist weder wahr noch falsch, aber wer es an der Klinge faßt, ist im Unrecht.« Eine dieser Mythen sagte etwa folgendes:

Im Anfang waren die Kugel und das Tetraeder in einer einzigen undenk- und unvorstellbaren Form vereint. Zusammenziehung und Ausdehnung gehorchten dem gleichen Willen, der nichts wollte als sich selbst.

Es kam eine Trennung; aber das Eine bleibt das Eine.

Die Kugel war der ursprüngliche Mensch, der, da er seine Begierden und Möglichkeiten, eine jede getrennt verwirklichen wollte, sich in die heutigen Tier- und Menschenarten zerstreute.

Das Tetraeder war die ursprüngliche Pflanze, auf die in der gleichen Weise alle Blumen, Sträucher und Bäume zurückgehen.

Das Tier, dem äußeren Raum gegenüber verschlossen, macht sich hohl und verzweigt sich, um Nahrung aufzunehmen und sich fortzupflanzen, in Form von Lungen und Eingeweiden nach innen. Die Pflanze, in den äußeren Raum hinein entfaltet, verzweigt sich, um zu ihrer Nahrung vorzudringen, in Form von Wurzeln, Ästen, Laub nach außen.

Einige ihrer beiden Nachkommen zögerten oder wollten zu beiden Familien zugleich gehören: aus ihnen wurden die Pflanzentiere, die das Meer bevölkern.

Der Mensch erhielt einen Atem und ein Licht; nur er allein erhielt ein Licht. Er wollte sein Licht sehen und in jeder nur möglichen Form genießen. Er wurde von der Kraft des Einen verjagt; er allein wurde verjagt.

Er ging hin und bevölkerte die Länder des Draußen, sich abmühend und sich vermehrend in dem Verlangen, sein Licht zu sehen und es zu genießen.

Manchmal unterwirft sich ein Mensch in seinem Herzen, unterwirft das Sichtbare dem, was sieht, und versucht, zum Ursprung zurückzukehren.

Er sucht, er findet, und er kehrt zurück zum Ursprung.

90

Die merkwürdige geologische Struktur des Kontinents sichert ihm eine größtmögliche klimatische Breite; es scheint, daß man, nur drei Tagesmärsche von Port-des-Singes entfernt, auf der einen Seite tropisches Dschungel, auf der anderen Seite eine Gletscherlandschaft findet; wieder woanders soll es Steppen geben und Sandwüsten; jede Kolonie hatte sich dort gebildet, wo die dem Herkunftsland der Kolonisten am meisten ähnlichen Bedingungen herrschten.

Alles das wollte Beaver noch im einzelnen erforschen; und auch wir anderen faßten alle möglichen Pläne. Karl wollte sich näher mit den von Beaver berichteten Mythen beschäftigen, hinter denen er einen asiatischen Ursprung vermutete. Hans und Sogol wollten auf einem nahe gelegenen Hügel ein kleines Observatorium einrichten und für die wichtigsten Sterne die üblichen Parallaxen-, Winkel- und spektroskopischen Messungen wiederholen, um so zu einem genaueren Begriff der durch die gekrümmte Raumschale des *Analog* verursachten optischen Anomalien zu kommen. Iwan Laps wollte seine linguistischen und soziologischen Studien fortsetzen. Meine Frau wollte das religiöse Leben des Landes studieren und feststellen, welche Veränderungen der Einfluß des *Analog* in Hinblick auf Dogma, Morallehre, Ritus, Liturgie und Architektur der einzelnen Glaubensformen bewirkt hatte. Was bildende Kunst betraf, wollte Judith Pancake sich ihr anschließen und im übrigen weiter an ihrer Sammlung von Dokumentarskizzen arbeiten, die nach dem Scheitern unserer fotografischen Versuche für uns sehr wichtig geworden war. Ich selber hoffte in den von meinen Reisegefährten gesammelten Materialien Stoff für meine Forschungen zur Symbolik zu finden, ohne aber deswegen meine Hauptarbeit: die Redaktion unseres Reisetagebuches zu vernachlässigen – jenes Reisetagebuches, das sich schließlich auf das beschränken sollte, was Sie hier lesen.

»Hallo, wann brechen Sie eigentlich auf?« rief draußen vom Weg eine Stimme, als wir nach dem Mittagessen diese verschiedenen Vorhaben besprachen.

Es war der nach Port-des-Singes delegierte Bergführer, der gerufen hatte, und ohne eine Antwort abzuwarten, setzte er seinen Weg fort.

Das entriß uns unseren Träumen. Noch bevor wir überhaupt den ersten Schritt gemacht hatten, waren wir schon bereit, unser Ziel zu verraten. Jawohl! es zu verraten; denn das taten wir, wenn wir auch nur eine einzige Minute darauf verwandten, unsere müßige Neugier zu befriedigen. Die Forschungsvorhaben, für die wir uns eben noch begeistert hatten, erschienen uns plötzlich schal. Keiner wagte den anderen anzusehen. Sogol knurrte: »Den häßlichen Uhu an die Tür nageln und fortgehen, ohne sich umzudrehen!«

Wir kennen ihn alle, den häßlichen Uhu intellektueller Begehrlichkeit, und jeder von uns würde seinen eigenen an die Tür zu nageln haben, gar nicht zu reden von einer Anzahl geschwätziger Elstern, paradierender Pfauen, turtelnder Tauben und fett watschelnder Gänse. Aber alle diese Tiere sind uns derart ins Fleisch gewachsen, daß wir sie nicht loswerden können, ohne uns zu verletzen. Lange Zeit also noch würden wir mit ihnen leben müssen, sie dulden und sie kennenlernen, bis sie von uns abfielen, wie in einer mit Ausschlag verbundenen Krankheit der Schorf von uns abfällt in dem Maß, in dem unser Körper die Krankheit überwindet; schlecht jedenfalls, ihn vorzeitig abzureißen.

Die vier Mann unserer Besatzung, die im Schatten einer Fichte Karten spielten, schienen sich, mit uns verglichen, da sie ja keinen Ehrgeiz hatten, Gipfel zu stürmen, die Zeit auf vernünftigere Weise zu vertreiben. Da sie uns indes helfen mußten, unser Gepäck fertigzumachen, riefen wir sie, um gemeinsam alles für unseren Aufbruch vorzubereiten, den wir – komme, was wolle – auf den nächsten Tag festsetzten.

Komme, was wolle: das ist leicht gesagt . . . Nachdem wir die ganze Nacht durchgearbeitet hatten, war am nächsten Morgen alles bereit; die Esel und die Träger waren da, aber es fing an, in Strömen zu regnen. Es regnete den Nachmittag, es regnete die Nacht, es regnete Eimer fünf Tage lang. Die aufgeweichten Wege waren ungangbar, sagte man uns.

Diesen unvorhergesehenen Aufenthalt galt es zu nutzen. Als erstes revidierten wir unsere Ausrüstung. Alle Beobachtungs- und Meßinstrumente, die wir bisher für ihren wertvollsten Teil gehalten hatten, waren uns verdächtig geworden; eine ganze Reihe von ihnen erwies sich auch als bereits nicht mehr brauchbar. Von unseren Taschenlampen funktionierte keine einzige mehr; wir mußten sie durch Laternen ersetzen. Auf diese Weise entledigten wir uns einer Menge von sperrigem und schwerem Zeug und bekamen so mehr Platz für Vorräte.

Wir durchstreiften also die Gegend, um uns zusätzliche Lebensmittel, Laternen und landesübliche Kleidungsstücke zu verschaffen. Obwohl sehr einfach, erwiesen sich die letzteren – das Resultat langer Erfahrung der Kolonisten – als unserer Kleidung überlegen. Außerdem fanden wir bei den darauf spezialisierten Händlern alle Arten von getrockneten und gepreßten Nahrungsmitteln, die uns gute Dienste leisten würden. Von Stufe zu Stufe Ballast abwerfend, ließen wir schließlich sogar die von Beaver erfundenen »tragbaren Gemüsegärten« zurück; nachdem Beaver einen Tag lang unentschlossen und schlechter Laune gewesen war, brach er in ein Gelächter aus und erklärte sie für »dummes Spielzeug, das uns höchstens Ärger gemacht haben würde«. Etwas länger zögerte er, auf die Atmungsgeräte und die Heizkleidung zu verzichten. Wir einigten uns schließlich darauf, auch sie zurückzulassen; sollte es sich als nötig herausstellen, konnten wir schlimmstenfalls immer noch auf sie zurückgreifen und sie holen. Wir ließen alle diese Dinge von unserer Besatzung auf die Jacht zurückbringen, wo der Kapitän und die drei Mann nach unserem Aufbruch wohnen sollten, denn das Haus mußte für mögliche Neuankömmlinge frei bleiben. Das Problem der Atmungsgeräte war lange zwischen uns diskutiert worden. Sollten wir für große Höhen auf unsere Sauerstoffflaschen oder auf den Effekt der Akklimatisation vertrauen? Die letzten Himalayaexpeditionen hatten die Frage nicht entschieden, trotz der glänzenden Erfolge, die die Anhänger der Akklimatisation verzeichnen konnten. Im übrigen waren unsere Apparate besser als die von den erwähnten Expeditionen benutzten; sie waren sowohl leichter wie leistungsfähiger, da sie nicht reinen Sauerstoff, sondern eine sorgfältig dosierte Mischung von Sauerstoff und Kohlensäure lieferten, wobei die Kohlensäure, die die Tätigkeit der Atmungsorgane anregt, das Quantum benötigten Sauerstoffs beträchtlich herabzusetzen erlaubt. Aber je länger wir darüber nachdachten und je mehr Erkundigungen wir über die uns bevorstehenden Berge einzogen, desto gewisser wurde, daß unsere Expedition sehr, sehr lang, wahrscheinlich jahrelang dauern würde. Unsere Sauerstoffflaschen würden also ohnehin nicht ausreichen, und eine Möglichkeit, sie oben nachzufüllen, gab es nicht. Wenn wir aber früher oder später doch auf sie verzichten mußten, war es besser, gleich auf sie zu verzichten und nicht erst durch ihren Gebrauch unsere Akklimatisation zu verzögern. Man versicherte uns im übrigen, daß es, um in den hohen Regionen dieser Berge bestehen zu können, gar kein anderes Mittel als das der schrittweisen Akklimatisation gibt, dank der sich der menschliche Organismus verändert und den dort herrschenden Bedingungen anpaßt.

Auf den Rat des Führers unserer Trägerkolonne vertauschten wir unsere Schier, die, wie man uns sagte, in unebenem Gelände nur lästig wären, gegen eine Art schmaler, zusammenlegbarer, mit Murmeltierhaut bespannter Schneereifen; sie ermöglichten sowohl, in weichem Schnee zu gehen, wie Abhänge hinabzugleiten; zusammengefaltet paßten sie leicht in einen Rucksack. Unsere eisenbeschlagenen Schuhe behielten wir, nahmen aber, um sie weiter oben zu gebrauchen, landesübliche Mokassins aus »Baumleder« mit; dieses »Baumleder« ist ein aus einer Rindenart gewonnener Stoff, der in bearbeitetem Zustand Kork und Gummi enthält; er isoliert einmal gut gegen Kälte, sodann haftet er, wenn man ihn mit einer Schicht Kieselsäure überzieht, gleich gut auf Fels wie auf Eis; das letztere setzte uns instand, auf unsere Steigeisen zu verzichten, die in großen Höhen schlecht sind, weil ihre Riemen den Fuß einengen, die Blutzirkulation behindern und so anfälliger für Erfrierungen machen. Dafür behielten wir unsere Eispickel: ein Werkzeug, das man ebensowenig vervollkommnen kann wie die Sense; desgleichen unsere Ringbolzen und Seile sowie einige einfache, in die Tasche passende Instrumente wie Kompaß, Höhenmesser und Thermometer.

Ein Geschenk also, dieser Regen, der uns unsere Ausrüstung zu vereinfachen und zu verbessern erlaubte. Wir legten, obwohl es goß, jeden Tag weite Wege zurück, um Erkundigungen einzuziehen und Vorräte und anderes zu kaufen. Dank dieser Übung gewöhnten sich unsere Beine, die während der langen Schiffsreise träge geworden waren, auch wieder an Anstrengungen.

Es war während dieser Regentage, daß wir anfingen, uns bei Vornamen zu nennen. Die Gewohnheit, »Hans« und »Karl« zu sagen, mochte den Anstoß gegeben haben, aber diese Änderung war keineswegs nur ein Resultat größerer Vertrautheit. Wenn wir uns jetzt Judith, Renée (der Vorname meiner Frau), Pierre, Arthur, Iwan und Theodor (mein Vorname) nannten, hatte das für uns noch einen tieferen Sinn. Wir fingen an, unsere alte Person abzustreifen. Zugleich mit dem Ballast an Gerät, den wir abwarfen, waren wir dabei, auch den Künstler, den Erfinder, den Arzt, den Gelehrten, den Literaten abzuwerfen. Schon zeigten sich unter dieser Verkleidung Männer und Frauen – und alle möglichen Tiere natürlich auch.

Wiederum ging uns dabei Pierre Sogol, ohne es zu wissen, mit seinem Beispiel voran. Eines Abends, als wir uns mit dem Führer unserer Trägerkolonne und unserem Eselvermieter am Strand besprachen, sagte er:

»Ich war der Leiter unserer Expedition; ich habe euch hierher gebracht. Aber jetzt lege ich diese Funktion, die ein Dorn war für das erinnerte Ich, das ich in mir trage, nieder. Und vom Grund dieses erinnerten Ich steigt ein kleines Kind hoch, das die Maske des alten Mannes weinen macht: ein kleines Kind, das Hilfe und Schutz sucht – Schutz vor seinen Begierden und Träumen und Hilfe, um, ohne jemand nachzuahmen, das zu werden, was es ist.«

Während er dies sagte, stocherte Sogol mit einem Stock im Sand. Plötzlich wurde sein Blick starr, er bückte sich und hob etwas auf, was wie ein Tautropfen blinkte. Es war ein Peradám – zwar ein ganz kleiner Peradám nur, aber sein und unser erster.

Der Führer der Trägerkolonne und der Eselvermieter rissen die Augen auf und wurden blaß. Beide waren alt; beide hatten den Aufstieg versucht und waren über dem Geldproblem mutlos geworden.

»Noch nie, so weit ich auch zurückdenken kann, hat

man einen Peradám so weit unten gefunden«, sagte der erste. »Am Strand! Das ist wohl ein einmaliger Zufall. Soll uns damit neue Hoffnung gegeben werden: der Mut, es noch einmal zu versuchen?«

Die Hoffnung, die er schon tot geglaubt hatte, wurde von neuem in ihm wach. Er, er würde den Weg eines Tages weitergehen. Auch des Eselvermieters Augen leuchteten, aber vor Begehrlichkeit.

»Zufall, reiner Zufall!« sagte er. »Mich fängt keiner mehr damit!«

»Wir müssen uns für die Peradáms, die wir finden, feste kleine Beutel nähen, die wir am Hals tragen können«, sagte Judith.

Ein vernünftiger Gedanke! Der Regen hatte am Morgen aufgehört; die Sonne hatte angefangen, die Wege zu trocknen; mit der Morgendämmerung des nächsten Tages wollten wir aufbrechen. Unsere letzte Vorbereitung, bevor wir schlafen gingen, war die, daß jeder für künftig gefundene Peradáms sich sorgfältig einen kleinen Beutel nähte.

FÜNFTES KAPITEL
welches das Kapitel der Einrichtung unseres
ersten Lagers ist

*Die Ausgangsbasis – Rauchzeichen – Verpflichtung, der
Karawane davor Lebensmittel zu schicken – Jagd (weiter
oben, aus Gründen des biologischen Gleichgewichts, verboten) –
Der Führer der Trägerkolonne erzählt seine Geschichte –
Die andere Expedition als Negativ der unseren – Das Ver-
schwinden der* Diana *– Ratschläge der Bergsteiger: dem Inhalt nach bekannt, dem Sinn nach neu – »Entkrümmungs-
brille« – Vergessen wir nicht . . .*

Nacht umfing uns noch unter den Fichten, deren Wipfel sich schon mit spitzen Haken dem perlmuttfarbenen Himmel einschrieben; dann leuchtete Rot an den Stämmen auf, und der Himmel wurde blaßblau. Nach und nach löste sich auch die Skala der verschiedenen Grüns aus dem Schwarz, und ab und an vermischte sich mit dem Harzgeruch der von Buchen und Pilzen. Die Vögel begannen mit knarrender oder Silber- und Flötenstimme ihre erste Morgenunterhaltung. Wir marschierten schweigend. Die Karawane mit ihren zehn Eseln, drei Treibern und fünfzehn Trägern war lang. Jeder von uns trug seine Verpflegung für den Tag und seine persönlichen Dinge. Der eine und andere trug dazu noch schwer an persönlichen Dingen in seinem Herzen und seinem Kopf. Wir hatten schnell in den Bergsteigerschritt und die entspannte Haltung zurückgefunden, die unerläßlich sind, wenn man lange gehen will, ohne zu ermüden. Während wir marschierten, ging ich in der Erinnerung noch einmal die Ereignisse durch, die mich hierhergeführt hatten, angefangen mit meinem Artikel in der *Zeitschrift für Paläontologie* und meiner ersten Begegnung mit Sogol. Die Esel waren glücklicherweise abgerichtet, nicht zu schnell zu gehen, und das weiche Spiel der Muskeln unter ihrer Haut, das nie von einer unnützen Bewegung unterbrochen wird, gab mir Kraft. Ich dachte an die vier, die gekniffen hatten – wie weit weg sie jetzt alle waren: Julie Bonasse, Emile Gorge, Benito Cicoria und der gute Alphonse Camard mit seinen Wegliedern für Bergsteiger! Fast gehörten sie bereits einer anderen Welt an. Ich begann in mich hineinzulachen, als ich an

Camards Weglieder dachte. Als ob Bergsteiger unterwegs je sängen! Gewiß, wenn sie stundenlang Geröllhalden und steile Hänge hochgeklettert sind, singen sie manchmal, aber jeder mit geschlossenem Mund und für sich. Ich zum Beispiel singe: »Tiack! Tiack! Tiack! Tiack!« – ein »Tiack« für jeden Schritt. Im Schnee und des Mittags wird daraus: »Tiack! tschi, tschi, tiack!« Ein anderer singt: »Domm! di di domm!« oder: »Dschi . . . puff! Dschi . . . puff!« Das jedenfalls ist die einzige Art von Bergsteigerliedern, die ich kenne. Man sah jetzt keine Schneegipfel mehr, sondern nur noch von Kalkfelsen unterbrochene bewaldete Lehnen und den Bergbach im Tal zur Rechten, auf das ab und zu der Wald einen Blick freigab. Bei der letzten Biegung des Wegs war der Meereshorizont, der die ganze Zeit über mit uns gestiegen war, verschwunden. Ich knabberte einen Zwieback. Der Esel, der vor mir ging, wedelte mir mit seinem Schwanz einen Schwarm Fliegen ins Gesicht. Auch meine Gefährten waren nachdenklich. Die Leichtigkeit, mit der wir hier gelandet waren, hatte immerhin etwas Geheimnisvolles; außerdem sah es ganz so aus, als ob man uns erwartet habe. Ich nehme an, daß sich das alles später noch klären wird. Bernard, der Führer der Trägerkolonne, war ebenfalls nachdenklich, wenn auch viel weniger oft abgelenkt als wir. Allerdings auch schwierig für uns, nicht alle paar Minuten lang abgelenkt zu sein: durch ein blaues Eichhörnchen; durch ein rotäugiges Hermelin, das, einem Säulenstumpf gleich, auf einer von Fliegenpilzen gesprenkelten grünen Lichtung saß; durch eine Schar Einhörner, die sich auf der Talwand gegenüber tummelte und die wir zuerst für Gemsen gehalten hatten; durch die fliegende Eidechse, die sich vor uns von Baum zu Baum schwang und dabei mit den Zähnen klapperte. Mit Ausnahme von Bernard trugen alle Träger und Treiber auf ihrem Rucksack einen kleinen Bogen und ein Bündel kurzer, ungefiederter Pfeile. Bei der ersten großen Rast, ein wenig vor Mittag, gingen drei oder vier von ihnen weg und kamen mit einigen Rebhühnern und einer Art von großem Meerschweinchen wieder. Einer von ihnen meinte: »Solange die Jagd noch erlaubt ist, muß man die Gelegenheit wahrnehmen. Wir werden sie heute abend essen. Weiter oben ist es aus mit Wild!«

Der Pfad verließ den Wald und führte zu dem Bergbach hinab, den wir an einer seichten Stelle durchwateten. Wir scheuchten Wolken von Perlmutterfaltern von dem steilen Ufer auf, dann begann eine lange Wanderung über eine schattenlose Steinstrecke. Nach einiger Zeit kamen wir erneut zum Bachufer zurück, wo ein spärlicher Lärchenwald begann. Ich schwitzte und sang mein Weglied. Dem Aussehen nach wurden wir immer nachdenklicher, in Wirklichkeit waren wir's weniger und weniger. Unser Weg führte über einen hohen Felsgrat und bog dann nach rechts, wo sich das Tal zu einer tiefen Schlucht verengte; er stieg in engen Windungen einen mit Wacholder- und Rhododendronbüschen bestandenen steilen Hang hinan und entließ uns endlich auf eine von hundert kleinen Rinnsalen bewässerte Alm, auf der kleine, wohlgenährte Kühe weideten. Nach zwanzig Minuten Marsch über das feuchte Gras erreichten wir eine ebene, im Schatten von Lärchen gelegene Felsfläche, auf der drei aus groben Fundsteinen gefügte, mit Zweigen gedeckte Hütten standen: unser erstes Ziel. Uns blieben bis zum Dunkelwerden noch zwei oder drei Stunden Zeit, uns einzurichten. Eine der Hütten war als Lagerraum für das Gepäck bestimmt; die zweite, in der es einen Fußboden, einen aus groben Steinen geschichteten Herd und sauberes Stroh gab, diente als Schlafraum; die dritte stellte sich zu unserer Überraschung als Milchkammer heraus: die Milchkannen, Butterklumpen und tropfenden Käse darin schienen auf uns zu warten. War der Platz am Ende bewohnt? Bernard, der als erstes dafür gesorgt hatte, daß seine Leute ihre Bogen und Pfeile in der Ecke des Schlafraums niederlegten, die er für sich selber vorbehalten hatte, klärte uns darüber auf.

»Heute morgen war der Platz noch bewohnt. Es muß immer einer hier sein, um für die Kühe zu sorgen. Kein Lager darf länger als einen Tag unbesetzt bleiben; man wird Sie weiter oben über dieses Gesetz noch belehren. Die vorhergehende Karawane hatte wohl ein oder zwei Leute zurückgelassen und auf unsere Ankunft gewartet, um weiterziehen zu können. Sie werden uns haben kommen sehen und sind dann sogleich aufgebrochen. Wir werden ihnen unsere Ankunft bestätigen; bei dieser Gelegenheit kann ich Ihnen auch gleich zeigen, wie der Weg zur Ausgangsbasis weitergeht.«

Wir folgten ihm einige Minuten einen felsigen Hang hinauf, bis wir auf eine ebene Platte kamen, von wo wir den Anfang des Tals sahen. Es war ein von steilen Wänden umgebener, unregelmäßiger Kessel, in den hier und da Gletscherzungen hinabreichten. Bernard zündete ein Feuer an, auf das er einige feuchte Grasbüschel warf, und spähte dann angestrengt in Richtung des Talkessels. Nach einigen Minuten sahen wir, als Antwort auf unser Signal, in der Ferne eine schmale weiße Rauchsäule aufsteigen, die sich gerade genügend von den die Wände herabstürzenden Gießbächen abhob.

Im Gebirge achtet der Mensch aufmerksam auf jedes Zeichen, das ihm die Gegenwart eines anderen Menschen verrät. Für uns hatte dieser Rauch noch insofern etwas Besonderes, als mit ihm Unbekannte, die uns auf dem gleichen Weg vorangingen, uns einen Gruß zuschickten. Selbst wenn wir uns niemals treffen sollten, würde der gemeinsame Weg von nun an unser und ihr Schicksal verbinden. Wer die Leute der Karawane vor uns waren, wußte Bernard nicht.

Von unserem Standort aus konnten wir ungefähr die Hälfte des Weges verfolgen, der unseren zweiten Tagesmarsch bilden sollte. Wir hatten beschlossen, das gute Wetter auszunutzen und gleich am nächsten Morgen weiterzuziehen. Vielleicht, daß wir noch am selben Tag im Lager dort unseren Führer treffen würden; vielleicht aber auch, daß wir erst einige Zeit lang auf seine Rückkehr warten mußten. Während die Esel und die Treiber, um neue Lasten zu holen, zurückkehren und zwei der Träger in der Hütte bleiben sollten, um für die Kühe zu sorgen, wollten wir acht mit dem Rest der Träger zusammen aufbrechen. Wir hatten uns ausgerechnet, daß die Esel in acht Tagesmärschen alles Notwendige von unserem Haus nach den Feuchten

Wiesen bringen könnten, wie der Name der ersten Etappe hieß. Wir selber wollten mit den Trägern zwischen den Feuchten Wiesen und der Ausgangsbasis hin- und herpendeln; mit einer Last von zehn bis fünfzehn Kilo pro Kopf würde uns das mindestens dreißig Wege und, rechnete man noch mögliche Schlechtwettertage hinzu, an die zwei Monate kosten. Wir würden dann freilich auch im Ausgangslager Vorräte für nicht weniger als zwei Jahre zusammengetragen haben. Aber zwei ganze Monate! . . . Schon bei dem Gedanken daran machte sich bei den Jüngeren von uns Ungeduld bemerkbar.

Ein Wasserfall, der einige hundert Meter von unserer Felsplatte hinabstürzte, machte es schwierig, sich zu unterhalten. Eine Art Brücke, die aus ein paar vom einen Ufer zum anderen gespannten Tauen bestand, führte über die Schlucht, in der sich der Wasserfall verlor. Morgen früh würden wir diese Brücke überschreiten müssen. Kurz vor dem Wasserfall erhob sich ein steinerner, mit einem Kreuz geschmückter Grabhügel. Bernard blickte auffallend ernst zu ihm hinüber. Dann riß er sich von seinen Gedanken los und führte uns zu den Hütten zurück, wo die Träger inzwischen für das Essen gesorgt haben mußten. Sie hatten in der Tat dafür gesorgt – so gut, daß wir kaum auf unsere Vorräte zurückzugreifen brauchten. Zum Beispiel hatten sie unterwegs Pilze gesammelt und sie ausgezeichnet gedünstet. Auch das von ihnen zubereitete Wild fand großen Beifall; der einzige, der sich weigerte, davon zu nehmen, war Bernard. Uns war aufgefallen, daß er gleich nach unserer Rückkehr nachgeprüft hatte, ob auch keiner von seinen Leuten die Bogen und Pfeile angerührt habe. Aber erst nach dem Essen, als die untergehende Sonne die talwärts gelegenen bewaldeten Bergzüge in ihren Glanz hüllte, wir verdauend am Feuer saßen und ihn nach dem Grabhügel fragten, den wir vor dem Wasserfall gesehen hatten, eröffnete er sich uns.

»Dort liegt mein Bruder«, sagte er. »Ich will Ihnen die Geschichte erzählen, weil wir uns vielleicht so rasch nicht wieder verlassen werden und Sie wissen müssen, mit was für einem Menschen Sie es zu tun haben.

Meine Leute sind Kinder! Sie beklagen sich darüber, daß von diesem Punkt an die Jagd strikt verboten ist. Richtig zwar, daß es auch höher hinauf noch Wild gibt! Aber sie wissen schon, was sie tun, die Bergführer, wenn sie nur bis zu den Feuchten Wiesen zu jagen erlauben. Sie haben ihre Gründe dafür; ich habe es am eigenen Leib erfahren! Für eine Ratte, die ich keine fünfzig Schritt von hier getötet habe, habe ich nicht nur vier mit großer Mühe gefundene und aufgesparte Peradáms verloren, sondern zehn Jahre meines Lebens dazu.

Ich stamme aus einer Familie von Bauern, die seit Jahrhunderten in Port-des-Singes ansässig ist. Mehrere meiner Vorfahren sind ins Gebirge gegangen und Bergführer geworden. Was mich betraf, so fürchteten meine Eltern, daß ich – ihr Ältester – eines Tages ebenfalls aufbrechen würde, und taten alles, den Lockruf der Berge von mir fernzuhalten. Sie brachten mich dazu, sehr früh zu heiraten; ich habe unten eine Frau, die ich liebe, und einen erwachsenen Sohn; er könnte bei uns sein, und sie auch. Nach dem Tod meiner Eltern – ich war damals fünfunddreißig Jahre alt – sah ich plötzlich die Leere meines Lebens. Ich sollte einen Sohn erziehen, damit er seinerseits einen Sohn erzöge, und so immer fort . . . warum eigentlich? Ich habe, wie Sie sehen, kein sonderliches Geschick, mich auszudrücken, und damals hatte ich es noch weniger. Aber es schnürte mir das Herz ab. Eines Tages kam ein Bergführer zu mir, um Vorräte zu kaufen. Ich stürzte mich auf ihn, nahm ihn bei den Schultern und brachte nichts anderes hervor als: ›Warum eigentlich? Warum?‹

›Das ist wahr‹, antwortete er ernst; ›nur müssen Sie jetzt anfangen zu denken: wie?‹ Er sprach lange mit mir, sowohl an diesem wie an den nächsten Tagen. Schließlich verabredeten wir, uns im nächsten Frühjahr – wir hatten Herbst – in den Hütten der Ausgangsbasis zu treffen, wo er eine Karawane zusammenstellen sollte, in die er mich aufzunehmen bereit war.

Unsere Karawane – zwölf Leute – kam gut voran; es gelang uns, rechtzeitig das erste Lager zu erreichen, um dort zu überwintern. Im nächsten Frühjahr beschloß ich, kurz nach Port-des-Singes zurückzukehren, um meine Frau und meinen Sohn wiederzusehen und sie vielleicht zu überreden, mich zu begleiten. Zwischen den Hütten der Ausgangsbasis und dem Ort, wo wir uns befinden, geriet ich in einen fürchterlichen Schneesturm, der drei Tage lang dauerte. Der Weg war an zwanzig Stellen durch Lawinen unterbrochen. Ohne Heizmaterial und ohne genügend Lebensmittel mußte ich zwei Nächte im Freien verbringen. Als sich das

Wetter besserte, war ich hundert Meter von diesen Hütten entfernt. Erschöpft vor Müdigkeit und Hunger blieb ich stehen. Das Vieh war zu dieser Zeit noch nicht zu den Feuchten Wiesen hochgetrieben worden; auch hier also sollte ich nichts zu essen bekommen. Auf der Geröllhalde vor mir sah ich eine alte Felsratte – ein Zwischending zwischen Wanderratte und Murmeltier – aus ihrem Loch schlüpfen. Das Tier wollte sich in der Sonne wärmen. Mit einem wohlgezielten Steinwurf zerschmetterte ich ihm den Kopf, briet es auf einem Feuer aus Rhododendronzweigen und verschlang das zähe Fleisch. Einigermaßen erholt, schlief ich noch ein oder zwei Stunden und setzte dann meinen Weg nach Port-des-Singes fort, wo ich mit meiner Frau und meinem Sohn Wiedersehen feierte. Auch diesmal gelang es mir indes nicht, sie zu überreden, mitzukommen.

Als ich einen Monat später den Aufstieg fortsetzen wollte, wurde ich vor ein Tribunal von Bergführern gerufen, um mich wegen der Tötung der alten Ratte zu verantworten. Wie sie von der Sache erfahren haben, weiß ich auch heute noch nicht. Das Gesetz ist unerbittlich: für die Dauer von drei Jahren wurde mir verboten, mich dem Gebirge über die Feuchten Wiesen hinaus zu nähern. Nach Ablauf dieser drei Jahre konnte ich darum bitten, mit der ersten Karawane von neuem aufbrechen zu dürfen, vorausgesetzt, daß ich den von mir angerichteten Schaden bis dahin wiedergutgemacht hatte. Ein harter Schlag! Ich gab mir Mühe, in Port-des-Singes vorübergehend wieder eine Verdienstmöglichkeit zu finden. Zusammen mit meinem Bruder und meinem Sohn bestellte ich Land und zog Vieh groß, um den Karawanen Vorräte zu liefern. Wir stellten auch Trägerkolonnen zusammen, die wir bis zu der verbotenen Zone verdingten. Ich blieb so immerhin mit den Leuten des Gebirges in Berührung. Bald wurde auch mein Bruder von dem Wunsch erfaßt, aufzubrechen, aber er beschloß, nicht ohne mich zu gehen und zu warten, bis meine Strafe verbüßt war.

Endlich kam der Tag! In einem Käfig führte ich stolz eine dicke Felsratte mit, die ich ohne Mühe gefangen hatte und dort freilassen wollte, wo ich die andere getötet hatte – da ich ja doch den angerichteten Schaden wiedergutmachen sollte. Aber dieser Schaden hatte noch gar nicht angefangen, sich zu zeigen. Als wir bei Sonnenaufgang die Feuchten Wiesen verließen, ertönte ein schreckenerregendes Geräusch. Der ganze Berghang, über den sich damals noch nicht der Wasserfall ergoß, riß auf und rutschte in Form von Stein- und Erdlawinen ab. Ein mit Eis- und Felsblöcken vermischter Wasserfall schoß aus der den Hang beherrschenden Gletscherzunge hervor und grub sich tief in ihn ein. Der Weg, der zu jener Zeit nach den Feuchten Wiesen steil anstieg und weiter oben am Hang entlangführte, wurde in seiner ganzen Länge zerstört. Mehrere Tage lang hielten die Erdrutsche und die Wasserstürze an; wir waren blockiert. Unsere Karawane kehrte nach Port-des-Singes zurück, um sich angesichts der drohenden Gefahr mit zusätzlicher Ausrüstung zu versehen, und versuchte anschließend, auf dem anderen Ufer einen neuen Weg zur Ausgangsbasis zu finden – einen Weg, der sehr lang und unsicher war und auf dem mehrere Menschen umkamen. Mir hatte man verboten, eher weiterzugehen, bis eine Kommission von Bergführern die Ursache der Katastrophe festgestellt hatte. Nach einer Woche wurde ich vor diese Kommission bestellt, die mich als für das Ganze verantwortlich erklärte und mir aufgab, im Sinn des ersten Urteilsspruches den angerichteten Schaden wiedergutzumachen.

Ich war wie vor den Kopf geschlagen. Aber sie erklärten mir, wie nach ihren Ermittlungen die Sache vor sich gegangen war. Sie erklärten es mir ohne Zorn, aber kategorisch – ich möchte heute sogar sagen: mit einem Anflug von Güte. Die alte Ratte, die ich getötet hatte, ernährte sich hauptsächlich von einer in dieser Gegend zahlreich vorkommenden Wespenart. Aber eine Felsratte – zumal eine alte – ist nicht beweglich genug, Wespen im Flug zu erhaschen; sie fraß darum nur schwache und kranke Wespen, die am Boden krochen und nur mühsam aufflogen. Auf diese Weise beseitigte sie die Wespen, die Krankheitskeime trugen und, ohne die freilich unbewußte Dazwischenkunft der Ratte, die übrigen Insekten angesteckt hätten. Nachdem die Ratte tot war, breiteten sich die Krankheitskeime rasch aus, und im Frühjahr darauf gab es so gut wie keine Wespen mehr in der Gegend. Nun sorgen aber diese Wespen, indem sie Honig sammeln, für die Befruchtung der Pflanzen; und Pflanzen, die für die Befestigung lockerer Erdschichten eine wichtige Rolle spielen . . .

Den letzten Plänen und Arbeitsnotizen René Daumals zufolge sollte *Der Analog* sieben Kapitel erhalten. Statt einer hypothetischen, jedoch möglichen Rekonstruktion des fehlenden Teils der Erzählung schien es uns ratsamer, zwei Schlüsseldokumente zu publizieren.

Das erste betrifft das fünfte Kapitel. Es läßt das Ende der Geschichte Bernards, des Führers der Trägerkolonne, ahnen und nennt die beiden Themen, die noch zu behandeln blieben: »der früheren Karawane Lebensmittel schicken« und »Sprache der Führer«. Da es nicht reproduziert werden kann, haben wir es transkribiert.

Das zweite (hier als Faksimile wiedergegebene) bezeichnet die Themen des sechsten Kapitels – dieses hätte die von Alphonse Camard, Emile Gorge, Julie Bonasse, Benito Cicoria (siehe S. 101) unternommene »andere Expedition«, die zwangsläufig zu einer Katastrophe führen mußte, behandelt – und des siebenten Kapitels, in dem sich Daumal wahrscheinlich direkt an den Leser gewandt hätte:

Abschied
von der Besatzung
der Meereshorizont hinter uns stieg
— Morgenröte

Hütten an der Ausgangsbasis
Einrichtung des ersten Lagers
erste Übungen
Ratschläge der Bergführer
Unfall

Halt am Abend
bei der ersten Etappe

während des Marsches
nachdenken (Geheimnis der Leichtigkeit, mit der wir gelandet waren)
singen (tiack! tiack!)

Hermelin
Einhörner

Jagd (weiter oben verboten: biologische Gleichgewichte)
Geschichte des Führers der Träger (entlassen – muß wiedergutmachen – wird mutlos)
für drei Jahre entlassen

die Basis   Ratte
             Bienen
             Pflanzen
             Schutthalde
             Felsen   Brücke
             Gletscherzunge . . .
                              ?Karten?

Notwendigkeit, der früheren Karawane Lebensmittel zu schicken
?Wandertauben?

die Sonne brennt!
— Die »Wolken«
Sprache der Führer

V –

...

emploi des guides : comme sans montrer...

Langue.

guide . repir : ? ... ... 8 m 10 m SC ...
... ... = depuis.

invité en 2ᵉ exp. | 1ᵉ peric groupe | 1ᵉ le guide n° 2 — de celle | m ?

"lunette d'ironalane", donnerons...

VI – autre expédition
voir de Julie Barnaby regardé (?)

Le Petit Infernal

VII

« et vous donc ? »
que dira-t-il, vous ?

Zwischen 1938 und 1941-1942 schrieb René Daumal in Zusammenhang mit dem »Analog« weitere für das Verständnis dieses »Romans« wichtige Texte. Wir geben sie in chronologischer Reihenfolge wieder.

Der erste ist der Anfang einer lange vor der Abfassung des »Analog« geplanten »Abhandlung über den analogischen Alpinismus«. Der zweite besteht aus den wenigen einführenden Zeilen, die den Anfang der Geschichte nicht etwa zusammenfassen wollen, dem Leser vielmehr den Zugang erlauben, und sodann aus jenen, die anstelle eines Fazits darlegen, »in welches Gewand« René Daumal »diese wahre Geschichte zu kleiden dachte, um sie glaubhaft zu machen«. Sie dienten dem in *Mesures* (No 1, vom 15. Januar 1940) abgedruckten ersten Kapitel als Rahmen. Der dritte und der vierte Text betreffen das dritte Kapitel und sollten »Die Geschichte von den Hohlmenschen und der Bitteren Rose« vorstellen (die in den *Cahiers du Sud*, Heft 239, Oktober 1941, erschien).

Vorwort. – Die folgenden Beobachtungen sind die eines Anfängers. Da sie neu sind und sich auf die Schwierigkeiten beziehen, denen ein Anfänger zunächst begegnet, werden sie ihm auf seinen ersten Touren vielleicht nützlicher sein als die von den Meistern geschriebenen Lehrbücher. Diese sind zweifellos methodischer und vollständiger, aber erst nach einer wenn auch noch so geringen vorbereitenden Bergerfahrung verständlich: meine wenigen Bemerkungen haben keinen anderen Ehrgeiz als den, dem Anfänger zu helfen, die vorbereitende Bergerfahrung ein wenig schneller zu gewinnen.

Begriffsbestimmungen. – Der *Alpinismus* ist die Kunst, das Gebirge so zu durchstreifen, daß man den größten Gefahren mit der größten Umsicht entgegentritt.
Als *Kunst* bezeichnen wir hier die Darlegung eines Wissens in einer Handlung.
Man kann nicht immer auf den Gipfeln verweilen. Es heißt wieder absteigen . . .
Wozu dann überhaupt? Nun: Das Oben kennt das Unten, das Unten kennt das Oben nicht. Merke dir beim Aufstieg sorgfältig alle Schwierigkeiten deiner Route; solange du steigst, kannst du sie sehen. Beim Abstieg siehst du sie nicht mehr, aber du weißt, daß sie da sind, sofern du sie gut beobachtet hast.
Es gibt eine Kunst, sich mittels der Erinnerung an das, was man weiter oben gesehen hat, in den niedrigen

Regionen zurechtzufinden. Wenn man nicht mehr sehen kann, kann man zum mindesten noch wissen.

Ich fragte ihn: Aber was ist das eigentlich, dieser »analogische Alpinismus«?
– Er ist die Kunst . . .
– Was ist eine Kunst?
– Wert der Gefahr.   { Verwegenheit → Selbstmord
– Was ist Gefahr?   { diesseits davon, Ungenügen
– Was ist Umsicht?
– Was ist Gebirge?

Halte das Auge auf den Weg zum Gipfel gerichtet, aber vergiß nicht, auf deine Füße zu schauen. Der letzte Schritt ist vom ersten abhängig. Glaube nicht, du seist angekommen, weil du die Spitze siehst. Achte auf deine Füße, sichere deinen nächsten Schritt, doch daß dies dich nicht von dem *höheren* Ziel ablenke. Der erste Schritt hängt vom letzten ab.

Wenn du aufs Geratewohl kletterst, so hinterlasse irgendein Zeichen auf deinem Weg, das dir auf dem Rückweg dienlich sein wird: zwei aufeinandergestellte Steine, mittels eines Stockhiebs geknickte Pflanzen. Wenn du aber an eine unpassierbare oder gefährliche Stelle gelangst, denke daran, daß das von dir hinterlassene Zeichen solche, die ihm folgen würden, fehlleiten könnte. Kehre also zurück und entferne dein Wegzeichen. Dies gilt für jedweden, der in dieser Welt Zeichen seines Weges hinterlassen möchte. Und stets hinterläßt man Zeichen, auch ohne es zu wollen. Trage Verantwortung für deine Zeichen vor deinesgleichen.

Bleibe in unsicherem Gelände nie auf einem Abhang stehen. Auch wenn du glaubst, festen Tritt gefaßt zu haben: während du Atem schöpfst und zum Himmel blickst, senkt sich unter deinen Füßen langsam der Boden, unmerklich bröckelt der Kies, und plötzlich schießt du davon wie ein Schiff von der Rampe. Der Berg lauert immer auf die Gelegenheit, dir den Boden unter den Füßen wegzuziehen.

Wenn, nachdem du dreimal Rinnen hinabgeklettert, dann wieder hinaufgeklettert bist, die in (erst im letzten Augenblick sichtbaren) Steilhängen endeten, deine Beine vom Knie bis zum Knöchel zu zittern und deine Zähne sich zu verbeißen beginnen, so suche zunächst eine kleine Plattform, auf der du dich in Sicherheit halten kannst, rufe dir alle Schimpfworte ins Gedächtnis, die du kennst, und ergieße sie über den Berg, kurz, schmähe ihn auf jede nur mögliche Weise, trinke einen Schluck, iß einen Happen und fange wieder an zu klettern, ruhig, langsam, als hättest du lebenslang Zeit, um dich aus dieser Klemme zu befreien. Wenn dir abends vor dem Einschlafen das Begebnis wieder einfällt, wirst du einsehen, daß es eine Komödie war: nicht zum Berg hast du gesprochen, nicht den Berg hast du besiegt. Der Berg ist nur Fels oder Eis ohne Gehör und ohne Herz. Aber die Komödie hat dir vielleicht das Leben gerettet.

Übrigens wirst du dich in schwierigen Augenblicken oft dabei überraschen, daß du zum Berg sprichst, bald schmeichelnd, bald schmähend, bald gelobend, bald drohend; und es wird dir scheinen, als ob der Berg, wenn du gebührend zu ihm gesprochen hast, Antwort gibt, indem er sich besänftigt, indem er sich unterwirft. Verachte dich deswegen nicht, schäme dich nicht, dich wie die Menschen zu verhalten, die unsere Gelehrten als Primitive und Animisten bezeichnen. Wisse nur, wenn du dir später diese Begebenheiten ins Gedächtnis rufst, daß dein Dialog mit der Natur das veräußerlichte Bild eines Dialogs war, der in deinem Innern stattfand.

Mit den Schuhen verhält es sich anders als mit den Füßen: sie sind nicht angeboren. Man kann sie also wählen. Lasse dich bei dieser Wahl zunächst von erfahrenen Leuten, dann von der eigenen Erfahrung leiten. Sehr bald wirst du an deine Schuhe so gewöhnt sein, daß jeder Nagel dir wie ein Finger gilt, fähig, den Fels zu ertasten und sich an ihm zu halten; sie werden zum empfindlichen und verläßlichen Instrument und gleichsam zu einem Teil deiner selbst werden. Und doch sind sie dir nicht angeboren, und doch wirst du sie, wenn sie abgenutzt sind, fortwerfen, ohne deshalb aufzuhören zu sein, was du bist.
Dein Leben hängt ein wenig von deinen Schuhen ab; pflege sie, wie es sich gehört. Aber eine Viertelstunde täglich genügt hierfür, denn dein Leben hängt noch von mehreren anderen Dingen ab.

Ein mir an Erfahrung weit überlegener Gefährte sagte zu mir: »Wenn einen die Füße nicht mehr tragen wollen, marschiert man mit dem Kopf.« Und das ist wahr. Es entspricht vielleicht nicht der natürlichen Ordnung der Dinge, aber ist es nicht besser, mit dem Kopf zu marschieren als, wie es so häufig geschieht, mit den Füßen zu denken?

Wenn du abrutschst, dir ein Sturz ohne Bedeutung passiert, gönne dir keinen Augenblick der Unterbrechung, nimm vielmehr bereits beim Aufstehen deinen Marschrhythmus wieder auf. Präge deinem Gedächtnis die Umstände deines Sturzes genau ein, aber erlaube deinem Körper nicht, bei der Erinnerung daran zu verweilen. Der Körper versucht stets, sich interessant zu machen durch sein Zittern, sein Keuchen, sein Herzklopfen, sein Frösteln, sein Schwitzen, seine Krämpfe. Aber er ist sehr empfänglich für die Verachtung und die Gleichgültigkeit, die ihm sein Meister bekundet. Wenn er fühlt, daß dieser auf seine Jeremiaden nicht hereinfällt, wenn er begreift, daß nichts diesen rühren kann, dann kehrt der Körper an seinen Platz zurück und erfüllt willig seine Aufgabe.

Der Augenblick der Gefahr
Unterschied zwischen Panik und Geistesgegenwart
Der Automatismus (Herr oder Knecht)

Lieber hätte ich Ihnen sogleich alles erzählt. Da dies zu lange dauern würde: hier der Anfang der Geschichte. Zwar ist es vielleicht immer durchtrieben, vom Anfang und vom Ende einer Geschichte zu reden, da wir nie anderes als mittlere Phasen kennenlernen. Ursprung der Begebenheiten aber war eine Begegnung, und jede Begegnung ist ein relativer Anfang; zudem enthält diese besondere Begegnung ihrerseits bereits eine ganze Geschichte.

Was ich zu berichten habe, ist so außergewöhnlich, daß ich bestimmte Vorsichtsmaßnahmen treffen muß. Im Anatomieunterricht bedient man sich – lieber als photographischer Abbildungen – konventioneller Schemata, die sich in jeder Hinsicht vom Untersuchungsgegenstand unterscheiden. Lediglich einige Zusammenhänge bleiben gewahrt – und zwar die, welche *die zu erkundende Sache* bilden. Hier bin ich ähnlich vorgegangen.

Auf diese Weise entstand der Plan einer Expedition zum *Analog*. Nachdem ich den Anfang erzählt habe, muß ich auch erzählen, wie es weiterging: wie der Beweis erbracht wurde, daß es auf unserer Erde einen bis dahin unbekannten Kontinent gibt, dessen Berge höher sind als der Himalaya; wieso man diesen Kontinent bisher nicht entdeckt hatte; wie wir dort hinkamen; welche Lebewesen wir dort antrafen; wie eine andere Expedition, die andere Ziele verfolgte, um ein Haar auf gräßliche Weise umgekommen wäre; wie wir langsam anfingen, auf dem neuen Kontinent Fuß zu fassen; und wie gleichwohl die Reise noch kaum begonnen ist . . .

Sehr hoch und sehr fern, über einem Kranz immer höherer Gipfel und immer reinerer Schneefelder, ragt, unsichtbar durch das Übermaß an Licht, in einem Glanz, den kein Auge erträgt, die äußerste Spitze des *Analog* zum Himmel. »Dort, auf der Spitze, die spitzer ist als die feinste Nadel, wohnt nur der, von dem aller Raum voll ist. Dort, in einer so dünnen Luft, daß alles gefriert, hat nur der Kristall von höchster Härte Bestand. Dort, unter der ungebrochenen Glut des Himmels, die alles verbrennt, hält sich nur das ewig Leuchtende. Dort, im Mittelpunkt von allem, thront der, der von allem das Ende sieht und den Anfang.« Das singen die Bergbewohner dort, und es ist wahr. »Du sagst, es sei wahr, aber wenn es ein wenig kalt wird, verwandelt sich dein Mut in einen Maulwurf; wenn es ein wenig warm wird, dreht sich dir der Kopf und du fängst Grillen; wenn du Hunger hast, wird dein Körper zu einem störrischen Esel, den kein Knüppel mehr von der Stelle bringt; wenn du müde bist, bietet der Unwille deiner Füße deinem Willen Trotz.« Ein anderes Lied, das die Bergbewohner ebenfalls singen, während ich schreibe und darüber nachdenke, in welches Gewand ich diese wahre Geschichte kleiden soll, um sie glaubhaft zu machen.

Allerlei Stimmen meldeten sich zu Wort. Man durfte nicht alles glauben, was sie vorbrachten. Eine sprach vom Menschen, der, von den Gipfeln herabsteigend, sich in den Niederungen wiederfindet, wo sein Blick nur mehr die nächste Umgebung umfaßt. »Aber er besitzt die Erinnerung an das Gesehene, und sie kann ihn noch leiten. Wenn man nicht mehr sehen kann, kann man immer noch wissen; und man kann Zeugnis geben von dem, was man sah.« Eine andere sprach von den Schuhen und sagte, daß jeder Stift, jeder Bergschuhnagel gewissermaßen empfindlich werde wie ein Finger, der den Boden abtastet und sich an der geringsten Unebenheit anklammert; »und doch sind es nur Schuhe, man hat sie nicht von Geburt an, und eine Pflege von täglich einer Viertelstunde genügt, um sie in gutem Zustand zu erhalten. Mit den Füßen dagegen ist man geboren und wird man sterben – glaubt man wenigstens; aber ist das so gewiß? Gibt es nicht Füße, die ihren Besitzer überleben oder die vor ihm sterben?« (Diese Stimme brachte ich zum Schweigen; sie wurde *eschatologisch*). Eine andere sprach vom Olymp und vom Golgotha, eine andere von der Hyperglobulie und von den Merkmalen des Stoffwechsels der Bergbewohner. Eine andere schließlich erklärte, wir täuschten uns, wenn wir annähmen, das Hochgebirge wäre arm an Sagen, sie kenne mindestens eine recht bemerkenswerte. Sie räumte ein, daß in dieser Sage das Gebirge in Wahrheit mehr als Szenerie denn als Symbol diene und der eigentliche Schauplatz der Geschichte dort sei, »wo unsere Menschheit sich mit einer höheren Zivilisation vereinigt, dort, wo eine neugegründete Wahrheit fortbesteht«. Sehr stutzig geworden, bat ich die Stimme, mir die Geschichte zu erzählen. Hier ist sie. Ich habe sie gehört und versuche, sie mit aller mir möglichen Aufmerksamkeit und Genauigkeit wiederzugeben – was bedeutet, daß man nur eine recht blasse und ungefähre Übersetzung erhalten wird.

An einem Tag eines Augustmonats stieg ich, unter einem aufziehenden Gewitter, die unwirtlichen, von Hagelböen gepeitschten Schneefelder hinab. Ich wußte, daß verschiedene Umstände mir auf lange versagen würden, in das luftige Reich der gezackten, inmitten des Himmels tanzenden Grate zurückzukehren, jene Illusion des Oben und Unten der sich vom blauschwarzen Abgrund der Höhe abzeichnenden Schneewächte, die im Lauf eines schweigenden Nachmittags zusammenstürzen, und zu den rinnengestichelten, im Glatteis glänzenden Abhängen, von denen nach Schwefel riechende Steinhagel abgehen. Ich hatte noch einmal den grünlichen Hauch einer Gletscherspalte atmen wollen, noch einmal eine Felsplatte abtasten, noch einmal mich zwischen bröckelndem Gestein bewegen, eine Seilschaft sichern, die Windstärke abschätzen, den Pickel an das Eis schlagen und die kleinen Kristallsplitter zur Falle des täuschenden Gletscherrands – einer gepuderten, mit Gemmen geschmückten Todesmaschine – stürzen hören wollen, in den Diamanten und dem Mehl eine Spur ziehen, mich zwei Fäden eines Hanfseils anvertrauen und mitten im grenzenlosen Raum getrocknete Pflaumen essen wollen. Auf dem Weg nach unten eine Wolkendecke durchquerend, war ich bei den ersten Steinbrechgewächsen am Rand eines großen Geschiebes von Steinblöcken stehengeblieben, das sich, riesige Schärpe mit perlmuttschimmernden Falten, in Windungen zu dem Geröllfeld in der Tiefe hinabzog.

Ich würde jetzt lange Zeit unten bleiben müssen und, den Eispickel hinterm Schrank, das Bett hüten oder mich darauf beschränken, Blumen zu pflücken. Da erinnerte ich mich daran, daß ich ja doch, meinem Metier nach, Literat war und daß dies eine gute Gelegenheit wäre, dieses Metier seinem gewöhnlichen Zweck entsprechend zu nutzen, der darin besteht, zu reden statt zu tun. Wenn ich schon nicht mehr in den Bergen herumsteigen konnte, würde ich sie von unten besingen. Ich muß gestehen, daß ich diese Absicht hatte. Aber glücklicherweise stieß sie mich ab: sie roch nach der Literatur, die nur ein Ersatz ist und in der man Sätze aneinanderreiht, entweder um sich vor dem Handeln zu drücken oder um sich über sein Unvermögen dazu zu trösten.

Ich begann, ernsthafter nachzudenken: mit jener Schwerfälligkeit und jenem Ungeschick, mit denen man denkt, wenn man über seinen Körper gesiegt hat, indem man über den Fels und das Eis gesiegt hat. Nein, ich würde nicht *vom* Berg, sondern *durch* den Berg sprechen. Mit dem Berg als Sprache würde ich von einem anderen Berg sprechen, welcher der Weg ist, der die Erde mit dem Himmel verbindet; und ich würde sprechen davon nicht aus Resignation, sondern mir zur Ermahnung.

Und eingekleidet in Worte des Berges lag plötzlich meine ganze Geschichte vor mir, bis zu diesem Tag: eine Geschichte, zu der ich jetzt die Zeit brauche, sie zu erzählen, und auch die Zeit, sie zu Ende zu leben.

Mit einer Gruppe von Gefährten machte ich mich auf die Suche nach dem Berg, diesem Weg, der die Erde mit dem Himmel verbindet, der irgendwo auf unserem Planeten existieren *muß* und der Aufenthaltsort einer höheren Menschheit sein muß: dies wurde logisch bewiesen durch jenen, den wir Vater Sogol nannten, unseren Älteren in Sachen des Gebirges, der unsere Expedition leitete.

Und nun sind wir zum unbekannten Kontinent gelangt, dem Nukleus in die Erdkruste implantierter edlerer Substanzen, den von den Blicken der Neugier und der Begehrlichkeit die Krümmung des ihn umgebenden Raums schützt – wie dank seiner Oberflächenspannung ein Quecksilbertropfen für den Finger, der seinen Mittelpunkt berühren will, undurchdringlich bleibt. Durch unsere Berechnungen – wir dachten an nichts anderes –, durch unsere Sehnsüchte – wir ließen jede andere Hoffnung fahren –, durch unsere Bemühungen – wir verzichteten auf jegliche Erleichterung –, hatten wir den Zutritt zu dieser neuen Welt erzwungen. So schien es uns. Doch in der Folge erfuhren wir, daß wir zum Fuß des *Analog* hatten gelangen können, weil die unsichtbaren Pforten der unsichtbaren Gegend von denen, die sie bewachen, geöffnet worden waren.

Der im Morgendämmer krähende Hahn glaubt, sein Gesang erzeuge die Sonne; das in einem geschlossenen Zimmer brüllende Kind glaubt, sein Geschrei öffne die Tür; aber die Sonne und die Mutter gehen ihren vom Gesetz ihres Wesens vorgeschriebenen Weg. Sie hatten uns die Tür geöffnet, jene, die uns sehen, auch wenn wir uns nicht zu sehen vermögen, und mit einem großzügigen Empfang unsere kindischen Berechnungen, unsere unbeständigen Sehnsüchte, unsere kleinen und ungeschickten Bemühungen beantwortet.

Inhalt

Vorwort der Herausgeber

7

Erstes Kapitel
welches das Kapitel der Begegnung ist

9

Zweites Kapitel
welches das Kapitel der Vermutungen ist

37

Drittes Kapitel
welches das Kapitel der Überfahrt ist

57

Viertes Kapitel
welches das Kapitel ist, in dem wir ankommen

77

Fünftes Kapitel
welches das Kapitel der Einrichtung
unseres ersten Lagers ist

99

Anhang

113

Bibliothek Suhrkamp

Verzeichnis der letzten Nummern

590 Flann O'Brien, Zwei Vögel beim Schwimmen
591 André Gide, Die Rückkehr des verlorenen Sohnes
592 Jean Gebser, Lorca oder das Reich der Mütter
593 Robert Walser, Der Spaziergang
594 Natalia Ginzburg, Caro Michele
595 Raquel de Queiroz, Das Jahr 15
596 Hans Carossa, Ausgewählte Gedichte
597 Mircea Eliade, Der Hundertjährige
599 Hans Mayer, Doktor Faust und Don Juan
600 Thomas Bernhard, Ja
601 Marcel Proust, Der Gleichgültige
602 Hans Magnus Enzensberger, Mausoleum
603 Stanisław Lem, Golem XIV
604 Max Frisch, Der Traum des Apothekers von Locarno
605 Ludwig Hohl, Vom Arbeiten · Bild
606 Hermann Bang, Exzentrische Existenzen
607 Guillaume Apollinaire, Bestiarium
608 Hermann Hesse, Klingsors letzter Sommer
609 René Schickele, Die Witwe Bosca
610 Machado de Assis, Der Irrenarzt
611 Wladimir Tendrjakow, Die Nacht nach der Entlassung
612 Peter Handke, Die Angst des Tormanns beim Elfmeter
613 André Gide, Die Aufzeichnungen und Gedichte des André Walter
614 Bernhard Guttmann, Das alte Ohr
616 Ludwig Wittgenstein, Bemerkungen über die Farben
617 Paul Nizon, Stolz
618 Alexander Lernet-Holenia, Die Auferstehung des Maltravers
619 Jean Tardieu, Mein imaginäres Museum
620 Arno Holz/Johannes Schlaf, Papa Hamlet
621 Hans Erich Nossack, Vier Etüden
622 Reinhold Schneider, Las Casas vor Karl V.
623 Flann O'Brien, Aus Dalkeys Archiven
624 Ludwig Hohl, Bergfahrt
625 Hermann Lenz, Das doppelte Gesicht
627 Vladimir Nabokov, Lushins Verteidigung
628 Donald Barthelme, Komm wieder Dr. Caligari
629 Louis Aragon, Libertinage, die Ausschweifung
630 Ödön von Horváth, Sechsunddreißig Stunden
631 Bernard Shaw, Sozialismus für Millionäre
632 Meinrad Inglin, Werner Amberg. Die Geschichte seiner Kindheit
633 Lloyd deMause, Über die Geschichte der Kindheit
634 Rainer Maria Rilke, Die Sonette an Orpheus

635 Aldous Huxley, Das Lächeln der Gioconda
636 François Mauriac, Die Tat der Thérèse Desqueyroux
637 Wolf von Niebelschütz, Über Dichtung
638 Henry de Montherlant, Die kleine Infantin
639 Yasushi Inoue, Eroberungszüge
640 August Strindberg, Das rote Zimmer
641 Ernst Simon, Entscheidung zum Judentum
642 Albert Ehrenstein, Briefe an Gott
643 E. M. Cioran, Über das reaktionäre Denken
644 Julien Green, Jugend
645 Marie Luise Kaschnitz, Beschreibung eines Dorfes
646 Thomas Bernhard, Der Weltverbesserer
647 Wolfgang Hildesheimer, Exerzitien mit Papst Johannes
648 Volker Braun, Unvollendete Geschichte
649 Hans Carossa, Ein Tag im Spätsommer 1947
650 Jean-Paul Sartre, Die Wörter
651 Regina Ullmann, Ausgewählte Erzählungen
652 Stéphane Mallarmé, Eines Faunen Nachmittag
653 Flann O'Brien, Das harte Leben
654 Valery Larbaud, Fermina Márquez
655 Robert Walser, Geschichten
656 Max Kommerell, Der Lampenschirm aus den drei Taschentüchern
657 Samuel Beckett, Bruchstücke
658 Carl Spitteler, Imago
659 Wolfgang Koeppen, Das Treibhaus
660 Ernst Weiß, Franziska
661 Grigol Robakidse, Kaukasische Novellen
662 Muriel Spark, Die Ballade von Peckham Rye
663 Hans Erich Nossack, Der Neugierige
665 Mircea Eliade, Fräulein Christine
666 Yasushi Inoue, Die Berg-Azaleen auf dem Hira-Gipfel
667 Max Herrmann-Neiße, Der Todeskandidat
668 Ramón del Valle-Inclán, Frühlingssonate
669 Marguerite Duras, Ganze Tage in den Bäumen
670 Ding Ling, Das Tagebuch der Sophia
671 Yehudi Menuhin, Kunst und Wissenschaft als verwandte Begriffe
672 Karl Krolow, Gedichte
673 Giovanni Papini, Ein erledigter Mensch
674 Bernhard Kellermann, Der Tunnel
675 Ludwig Hohl, Das Wort faßt nicht jeden
676 Mircea Eliade, Neunzehn Rosen
677 Erich Kästner, Gedichte
678 Julien Green, Moira
679 Georges Simenon, Der Präsident
680 Rudolf Jakob Humm, Die Inseln
681 Misia Sert, Pariser Erinnerungen
682 Hans Henny Jahnn, Die Nacht aus Blei

683 Luigi Malerba, Geschichten vom Ufer des Tibers
684 Robert Walser, Kleine Dichtungen
685 Reinhold Schneider, Verhüllter Tag
686 Andrej Platonov, Dshan
688 Hans Carossa, Führung und Geleit
689 Ferdinand Ebner, Das Wort und die geistigen Realitäten
690 Hugo Ball, Zur Kritik der deutschen Intelligenz
693 Viktor Šklovskij, Zoo oder Briefe nicht über die Liebe
694 Yves Bonnefoy, Rue Traversière
696 Odysseas Elytis, Ausgewählte Gedichte
697 Wisława Szymborska, Deshalb leben wir
698 Otto Flake, Nietzsche
699 Machado de Assis, Dom Casmurro
700 Peter Weiss, Abschied von den Eltern
701 Wladimir Tendrjakow, Die Abrechnung
702 Ernst Weiß, Der Aristokrat
703 Christian Wagner, Gedichte
704 August Strindberg, Plädoyer eines Irren
705 Ernesto Cardenal, Gedichte
706 Ernst Penzoldt, Zugänge
707 Mercè Rodoreda, Reise ins Land der verlorenen Mädchen
708 Jean Giraudoux, Elpenor
709 Yasushi Inoue, Das Tempeldach
710 Bertolt Brecht, Mutter Courage und ihre Kinder
711 Hans Magnus Enzensberger, Verteidigung der Wölfe
712 J. Rodolfo Wilcock, Das Buch der Monster
714 Walter Bauer, Geburt des Poeten
715 Bohumil Hrabal, Schneeglöckchenfeste
716 Michel Leiris, Lichte Nächte und mancher dunkle Tag
718 Heinrich Lersch, Hammerschläge
719 Robert Walser, An die Heimat
721 Odysseas Elytis, Maria Nepheli
722 Max Frisch, Triptychon
723 Uwe Johnson, Mutmassungen über Jakob
724 Heinrich Mann, Professor Unrat
725 Ba Jin, Shading
726 Bohumil Hrabals Lesebuch
727 Adolf Muschg, Liebesgeschichten
728 Thomas Bernhard, Über allen Gipfeln ist Ruh
729 Wolf von Niebelschütz, Über Barock und Rokoko
730 Michail Prischwin, Shen-Schen
731 Ferdinand Bruckner, Mussia
732 Heinrich Mann, Geist und Tat
733 Jules Laforgue, Hamlet oder die Folgen der Sohnestreue
734 Rose aus Asche
736 Jarosław Iwaszkiewicz, Drei Erzählungen
737 Leonora Carrington, Unten

738 August Strindberg, Der Todestanz
739 Hans Erich Nossack, Das Testament des Lucius Eurinus
740 Stanisław Lem, Provokation
741 Miguel Angel Asturias, Der böse Schächer
742 Lucebert, Die Silbenuhr
743 Marie Luise Kaschnitz, Ferngespräche
744 Emmanuel Bove, Meine Freunde
745 Odysseas Elytis, Lieder der Liebe
746 Boris Pilnjak, Das nackte Jahr
747 Hermann Hesse, Krisis
748 Pandelis Prevelakis, Chronik einer Stadt
749 André Gide, Isabelle
750 Guido Morselli, Rom ohne Papst
751 Robert Walser, Kleine Prosa
753 Jean Giraudoux, Siegfried oder Die zwei Leben des
    Jacques Forestier
754 Reinhold Schneider, Die Silberne Ampel
755 Max Mell, Barbara Naderer
756 Natalja Baranskaja, Ein Kleid für Frau Puschkin
757 Paul Valery, Die junge Parze
758 Franz Hessel, Heimliches Berlin
759 Bruno Frank, Politische Novelle
760 Zofia Romanowiczowa, Der Zug durchs Rote Meer
761 Giovanni Verga, Die Malavoglia
762 Roland Barthes, Am Nullpunkt der Literatur
763 Ernst Weiß, Die Galeere
764 Machado de Assis, Quincas Borba
765 Carlos Drummond de Andrade, Gedichte
766 Edmond Jabès, Es nimmt seinen Lauf
767 Thomas Bernhard, Am Ziel
768 Ödön von Horváth, Mord in der Mohrengasse /
    Revolte auf Côte 3018
769 Thomas Bernhard, Ave Vergil
770 Thomas Bernhard, Der Stimmenimitator
771 Albert Camus, Die Pest
772 Norbert Elias, Über die Einsamkeit der Sterbenden
    in unseren Tagen
773 Peter Handke, Die Stunde der wahren Empfindung
774 Francis Ponge, Das Notizbuch vom Kiefernwald / La Mounine
775 João Guimarães Rosa, Doralda, die weiße Lilie
776 Hermann Hesse, Unterm Rad
777 Lu Xun, Die wahre Geschichte des Ah Q
778 H. P. Lovecraft, Der Schatten aus der Zeit
779 Ernst Penzoldt, Die Leute aus der Mohrenapotheke
780 Georges Perec, W oder die Kindheitserinnerung
782 Natalia Ginzburg, Die Stimmen des Abends
799 E. M. Cioran, Geviertelt

Bibliothek Suhrkamp

Alphabetisches Verzeichnis

Adorno: Berg 575
– Literatur 1 47
– Literatur 2 71
– Literatur 3 146
– Literatur 4 395
– Mahler 61
– Minima Moralia 236
– Über Walter Benjamin 260
Aitmatow: Dshamilja 315
Alain: Die Pflicht glücklich zu
  sein 470
Alain-Fournier: Der große
  Meaulnes 142
– Jugendbildnis 23
Alberti: Zu Lande zu Wasser 60
Anderson: Winesburg, Ohio 44
Andrić: Hof 38
Andrzejewski: Appellation 325
– Jetzt kommt über dich das
  Ende 524
Apollinaire: Bestiarium 607
Aragon: Libertinage, die
  Ausschweifung 629
Arghezi: Kleine Prosa 156
Artmann: Gedichte 473
de Assis: Der Irrenarzt 610
– Dom Casmurro 699
– Quincas Borba 764
Asturias: Der böse Schächer
  741
– Legenden aus Guatemala 358
Bachmann: Malina 534
Ba Jin: Shading 725
Ball: Flametti 442
– Hermann Hesse 34
– Zur Kritik der deutschen
  Intelligenz 690
Bang: Das weiße Haus 586
– Das graue Haus 587
– Exzentrische Existenzen 606
Baranskaja: Ein Kleid für
  Frau Puschkin 756

Barnes: Antiphon 241
– Nachtgewächs 293
Baroja: Shanti Andía, der
  Ruhelose 326
Barthelme: City Life 311
– Komm wieder Dr. Caligari 628
Barthes: Am Nullpunkt der
  Literatur 762
– Die Lust am Text 378
Baudelaire: Gedichte 257
Bauer: Geburt des Poeten 714
Becher: Gedichte 453
Becker: Jakob der Lügner 510
Beckett: Bruchstücke 657
– Der Verwaiser 303
– Erste Liebe 277
– Erzählungen 82
– Glückliche Tage 98
– Mercier und Camier 327
– Residua 254
– That Time/Damals 494
– Um abermals zu enden 582
– Wie es ist 118
Belyí: Petersburg 501
Benjamin: Berliner Chronik 251
– Berliner Kindheit 2
– Denkbilder 407
– Deutsche Menschen 547
– Einbahnstraße 27
– Über Literatur 232
Benn: Weinhaus Wolf 202
Bernhard: Amras 489
– Am Ziel 767
– Ave Vergil 769
– Der Präsident 440
– Der Stimmenimitator 770
– Der Weltverbesserer 646
– Die Berühmten 495
– Die Jagdgesellschaft 376
– Die Macht der Gewohnheit 415
– Der Ignorant und der Wahn-
  sinnige 317

- Immanuel Kant 556
- Ja 600
- Midland in Stilfs 272
- Über allen Gipfeln ist Ruh 728
- Verstörung 229
Bioy-Casares:
  Morels Erfindung 443
Blixen: Babettes Gastmahl 480
Bloch: Erbschaft dieser Zeit 388
- Die Kunst, Schiller zu sprechen
  234
- Spuren. Erweiterte Ausgabe 54
- Thomas Münzer 77
- Verfremdungen 1 85
- Verfremdungen 2 120
- Zur Philosophie der Musik
  398
Block: Der Sturz des Zarenreiches
  290
Bond: Lear 322
Bonnefoy: Rue Traversière 694
Borchers: Gedichte 509
Bove: Meine Freunde 744
Braun: Unvollendete
  Geschichte 648
Brecht: Die Bibel 256
- Flüchtlingsgespräche 63
- Gedichte und Lieder 33
- Geschichten 81
- Hauspostille 4
- Klassiker 287
- Dialoge aus dem Messingkauf
  140
- Me-ti, Buch der Wendungen
  228
- Mutter Courage und ihre
  Kinder 710
- Politische Schriften 242
- Schriften zum Theater 41
- Svendborger Gedichte 335
- Turandot oder der Kongreß
  der Weißwäscher 206
Breton: L'Amour fou 435
- Nadja 406
Broch: Demeter 199
- Esch oder die Anarchie 157
- Gedanken zur Politik 245

- Hofmannsthal und seine Zeit
  385
- Huguenau oder die Sachlichkeit
  187
- James Joyce und die Gegen-
  wart 306
- Die Erzählung der Magd
  Zerline 204
- Menschenrecht und
  Demokratie 588
- Pasenow oder die Romantik 92
Bruckner: Mussia 731
Brudziński: Die Rote Katz 266
Busoni: Entwurf einer neuen
  Ästhetik der Tonkunst 397
Camus: Der Fall 113
- Die Pest 771
- Jonas 423
- Ziel eines Lebens 373
Canetti: Aufzeichnungen
  1942–1972 580
- Der Überlebende 449
Capote: Die Grasharfe 62
Cardenal: Gedichte 705
Carossa: Gedichte 596
- Ein Tag im Spätsommer 1947
  649
- Führung und Geleit 688
- Rumänisches Tagebuch 573
Carpentier: Barockkonzert 508
- Das Reich von dieser Welt
  422
Carrington: Unten 737
Celan: Ausgewählte Gedichte
  264
- Gedichte I 412
- Gedichte II 413
Chandler: Straßenbekanntschaft
  Noon Street 562
Cioran: Gevierteilt 799
- Über das reaktionäre Denken
  643
Cortázar: Geschichten der
  Cronopien und Famen 503
Cocteau: Nacht 171
Conrad: Jugend 386
Curtius: Marcel Proust 28

Ding Ling: Das Tagebuch
der Sophia 670
Döblin: Berlin Alexanderplatz
451
Drummond de Andrade,
Gedichte 765
Duras: Ganze Tage in den
Bäumen 669
– Herr Andesmas 109
Ebner: Das Wort und die
geistigen Realitäten 689
Ehrenburg: Julio Jurenito 455
Ehrenstein: Briefe an Gott 642
Eich: Aus dem Chinesischen 525
– Gedichte 368
– In anderen Sprachen 135
– Katharina 421
– Marionettenspiele 496
– Maulwürfe 312
– Träume 16
Einstein: Bebuquin 419
Eliade: Auf der Mântuleasa-
Straße 328
– Das Mädchen Maitreyi 429
– Der Hundertjährige 597
– Die drei Grazien 577
– Die Sehnsucht nach dem
Ursprung 408
– Die Pelerine 522
– Fräulein Christine 665
– Neunzehn Rosen 676
Elias: Über die Einsamkeit der
Sterbenden in unseren Tagen
772
Eliot: Das wüste Land 425
– Gedichte 130
– Old Possums Katzenbuch 10
Elytis: Ausgewählte Gedichte
696
– Lieder der Liebe 745
– Maria Nepheli 721
Enzensberger: Mausoleum 602
– Verteidigung der Wölfe 711
Faulkner: Der Bär 56
– Wilde Palmen 80
Fitzgerald: Der letzte Taikun 91
Flake: Nietzsche 698

Fleißer: Abenteuer aus dem
Englischen Garten 223
– Ein Pfund Orangen 375
Frank: Politische Novelle 759
Freud: Briefe 307
– Der Mann Moses 131
– Leonardo da Vinci 514
Frisch: Andorra 101
– Bin 8
– Biografie: Ein Spiel 225
– Der Traum des Apothekers
von Locarno 604
– Homo faber 87
– Montauk 581
– Tagebuch 1946–49 261
– Triptychon 722
Fuentes: Zwei Novellen 505
Gadamer: Vernunft im Zeitalter
der Wissenschaft 487
– Wer bin Ich und wer bist Du?
352
Gadda: Die Erkenntnis des
Schmerzes 426
– Erzählungen 160
Gałczyński: Die Grüne Gans 204
Gebser: Lorca oder das Reich
der Mütter 592
– Rilke und Spanien 560
Gide: Die Aufzeichnungen und
Gedichte des André Walter 613
– Die Rückkehr des verlorenen
Sohnes 591
– Isabelle 749
Ginzburg: Caro Michele 594
– Die Stimmen des Abends 782
Giraudoux: Elpenor 708
– Juliette im Lande der Männer
308
– Siegfried oder Die zwei Leben
des Jacques Forestier 753
Gorki: Zeitgenossen 89
Green: Der Geisterseher 492
– Der andere Schlaf 45
– Jugend 644
– Moira 678
Gründgens: Wirklichkeit des
Theaters 526

Guillén: Ausgewählte Gedichte
411
Guimarães Rosa: Doralda, die
weiße Lilie 775
Guttmann: Das alte Ohr 614
Habermas: Philosophisch-politische Profile 265
Haecker: Tag- und Nachtbücher
478
Hamsun: Hunger 143
– Mysterien 348
Handke: Die Angst des Tormanns beim Elfmeter 612
– Die Stunde der wahren
Empfindung 773
Hašek: Partei des maßvollen
Fortschritts 283
Heimpel: Die halbe Violine
403
Hemingway: Der alte Mann und
das Meer 214
Herbert: Ein Barbar in einem
Garten 536
– Herr Cogito 416
– Im Vaterland der Mythen 339
– Inschrift 384
Hermlin: Der Leutnant Yorck
von Wartenburg 381
Herrmann-Neiße: Der Todeskandidat 667
Hesse: Briefwechsel mit Thomas
Mann 441
– Demian 95
– Eigensinn 353
– Glaube 300
– Glück 344
– Iris 369
– Klingsors letzter Sommer 608
– Krisis 747
– Josef Knechts Lebensläufe 541
– Knulp 75
– Kurgast 329
– Legenden 472
– Magie des Buches 542
– Morgenlandfahrt 1
– Musik 483
– Narziß und Goldmund 65

– Politische Betrachtungen 244
– Siddhartha 227
– Steppenwolf 226
– Stufen 342
– Unterm Rad 776
– Vierter Lebenslauf 181
– Wanderung 444
Hessel: Heimliches Berlin 758
Highsmith: Als die Flotte im
Hafen lag 491
Hildesheimer: Biosphärenklänge
533
– Cornwall 281
– Exerzitien mit Papst Johannes
647
– Hauskauf 417
– Lieblose Legenden 84
– Masante 465
– Tynset 365
Hofmannsthal: Briefwechsel 469
– Das Salzburger große Welttheater 565
– Gedichte und kleine Dramen
174
Hohl: Bergfahrt 624
– Das Wort faßt nicht jeden 675
– Nuancen und Details 438
– Varia 557
– Vom Arbeiten · Bild 605
– Vom Erreichbaren 323
– Weg 292
Holz/Schlaf: Papa Hamlet 620
Horkheimer: Die gesellschaftliche
Funktion der Philosophie 391
Horváth: Don Juan 445
– Glaube Liebe Hoffnung 361
– Italienische Nacht 410
– Kasimir und Karoline 316
– Mord in der Mohrengasse /
Revolte auf Côte 3018 768
– Sechsunddreißig Stunden 630
– Von Spießern 285
– Geschichten aus dem Wiener
Wald 247
Hrabal: Lesebuch 726
– Moritaten und Legenden 360
– Schneeglöckchenfeste 715

– Tanzstunden für Erwachsene und Fortgeschrittene 548
Huch: Der letzte Sommer 545
Huchel: Ausgewählte Gedichte 345
Hughes: Sturmwind auf Jamaika 363
– Walfischheim 14
Humm: Die Inseln 680
Huxley: Das Lächeln der Gioconda 635
Inglin: Werner Amberg. Die Geschichte seiner Kindheit 632
Inoue: Das Tempeldach 709
– Die Berg-Azaleen auf dem Hira-Gipfel 666
– Eroberungszüge 639
– Das Jagdgewehr 137
– Der Stierkampf 273
Iwaszkiewicz: Drei Erzählungen 736
Jabès: Es nimmt seinen Lauf 766
Jacob: Der Würfelbecher 220
Jahnn: Die Nacht aus Blei 682
– 13 nicht geheure Geschichten 105
James: Die Tortur 321
Johnson: Mutmassungen über Jakob 723
Jouve: Paulina 1880 271
Joyce: Anna Livia Plurabelle 253
– Briefe an Nora 280
– Dubliner 418
– Giacomo Joyce 240
– Kritische Schriften 313
– Porträt des Künstlers 351
– Stephen der Held 338
– Die Toten/The Dead 512
– Verbannte 217
Kafka: Der Heizer 464
– Die Verwandlung 351
– Er 97
Kaiser: Villa Aurea 578
Kasack: Die Stadt hinter dem Strom 296
Kasakow: Larifari 274

Kaschnitz: Beschreibung eines Dorfes 645
– Ferngespräche 743
– Gedichte 436
– Orte 486
– Vogel Rock 231
Kassner: Zahl und Gesicht 564
Kästner, Erhart: Aufstand der Dinge 476
– Zeltbuch von Tumilat 382
Kästner, Erich: Gedichte 677
Kawabata: Träume im Kristall 383
Kawerin: Das Ende einer Bande 332
– Unbekannter Meister 74
Kellermann: Der Tunnel 674
Koeppen: Das Treibhaus 659
– Jugend 500
– Tauben im Gras 393
Kołakowski: Himmelsschlüssel 207
Kolář: Das sprechende Bild 288
Kommerell: Der Lampenschirm aus den drei Taschentüchern 656
Kracauer: Freundschaft 302
– Georg 567
– Ginster 107
Kraft: Franz Kafka 211
– Spiegelung der Jugend 356
Kraus: Nestroy und die Nachwelt 387
– Sprüche 141
– Über die Sprache 571
Kreuder: Die Gesellschaft vom Dachboden 584
Krolow: Alltägliche Gedichte 219
– Gedichte 672
– Nichts weiter als Leben 262
Kudszus: Jaworte Neinworte 252
Laforgue: Hamlet oder Die Folgen der Sohnestreue 733
Lampe: Septembergewitter 481
Landolfi: Erzählungen 185
Landsberg: Erfahrung des Todes 371

Larbaud: Fermina Márquez 654
– Glückliche Liebende ... 568
Lasker-Schüler: Mein Herz 520
Lawrence: Auferstehungs-
  geschichte 589
Lehmann: Gedichte 546
Leiris: Lichte Nächte und man-
  cher dunkle Tag 716
– Mannesalter 427
Lem: Das Hohe Schloß 405
– Der futurologische Kongreß
  477
– Die Maske · Herr F. 561
– Golem XIV 603
– Provokation 740
– Robotermärchen 366
Lenz: Dame und Scharfrichter
  499
– Das doppelte Gesicht 625
– Der Kutscher und der
  Wappenmaler 428
– Spiegelhütte 543
Lernet-Holenia: Die Auferste-
  hung des Maltravers 618
Lersch: Hammerschläge 718
Levin: James Joyce 459
Llosa: Die kleinen Hunde 439
Loerke: Anton Bruckner 39
– Gedichte 114
Lorca: Bluthochzeit/Yerma 454
– Gedichte 544
Lovecraft: Der Schatten aus der
  Zeit 778
Lowry: Die letzte Adresse 539
Lucebert: Die Silbenuhr 742
– Gedichte 259
Lu Xun: Die wahre Geschichte
  des Ah Q 777
Majakowskij: Ich 354
– Liebesbriefe an Lilja 238
– Politische Poesie 182
Malerba: Geschichten vom Ufer
  des Tibers 683
Mallarmé: Eines Faunen Nach-
  mittag 652
Mann, Heinrich: Geist und Tat
  732

– Politische Essays 209
– Professor Unrat 724
Mann, Thomas: Briefwechsel mit
  Hermann Hesse 441
– Leiden und Größe der
  Meister 389
– Schriften zur Politik 243
Mao Tse-tung: 39 Gedichte 583
Marcuse: Triebstruktur und
  Gesellschaft 158
Mauriac: Die Tat der Thérèse
  Desqueyroux 636
Maurois: Marcel Proust 286
deMause: Über die Geschichte der
  Kindheit 633
Mayer: Brecht in der Geschichte
  284
– Doktor Faust und Don Juan
  599
– Goethe 367
Mayoux: James Joyce 205
Mell: Barbara Naderer 755
Menuhin: Kunst und Wissenschaft
  als verwandte Begriffe 671
Michaux: Turbulenz 298
Minder: Literatur 275
Mishima: Nach dem Bankett 488
Mitscherlich: Idee des Friedens
  233
– Versuch, die Welt besser zu
  bestehen 246
Montherlant: Die kleine
  Infantin 638
Morselli: Rom ohne Papst 750
Muschg: Liebesgeschichten 727
Musil: Tagebücher 90
– Die Verwirrungen des Zöglings
  Törleß 448
Nabokov: Lushins Verteidigung
  627
Neruda: Gedichte 99
Niebelschütz: Über Barock und
  Rokoko 729
– Über Dichtung 637
Nizan: Das Leben des
  Antoine B. 402
Nizon: Stolz 617

Nossack: Beweisaufnahme 49
– Das Testament des Lucius
  Eurinus 739
– Der Neugierige 663
– Der Untergang 523
– Interview mit dem Tode 117
– Nekyia 72
– Spätestens im November 331
– Dem unbekannten Sieger 270
– Vier Etüden 621
Nowaczyński: Schwarzer Kauz
  310
O'Brien: Aus Dalkeys Archiven
  623
– Das Barmen 529
– Das harte Leben 653
– Der dritte Polizist 446
– Zwei Vögel beim Schwimmen
  590
Olescha: Neid 127
Onetti: Die Werft 457
Palinurus: Das Grab ohne
  Frieden 299
Papini: Ein erledigter Mensch 673
Pasternak: Initialen der Leiden-
  schaft 11
– Geschichte einer Kontra-
  Oktave 456
Paustowskij: Erzählungen vom
  Leben 563
Pavese: Das Handwerk
  des Lebens 394
– Mond 111
Paz: Das Labyrinth der
  Einsamkeit 404
– Der sprachgelehrte Affe 530
– Gedichte 551
Penzoldt: Der dankbare Patient
  25
– Die Leute aus der Mohren-
  apotheke 779
– Kleiner Erdenwurm 550
– Prosa eines Liebenden 78
– Squirrel 46
– Zugänge 706
Perec: W oder die Kindheits-
  erinnerung 780

Piaget: Weisheit und Illusionen
  der Philosophie 362
Pilnjak: Das nackte Jahr 746
Pirandello: Einer, Keiner,
  Hunderttausend 552
Plath: Ariel 380
– Glasglocke 208
Platonov: Die Baugrube 282
– Dshan 686
Ponge: Das Notizbuch vom
  Kiefernwald / La Mounine 774
– Im Namen der Dinge 336
Ponge: Im Namen der Dinge 336
Portmann: Vom Lebendigen 346
Pound: ABC des Lesens 40
– Wort und Weise 279
Prevelakis: Chronik einer
  Stadt 748
Prischwin: Shen-Schen 730
Proust: Briefwechsel mit der
  Mutter 239
– Combray 574
– Der Gleichgültige 601
– Swann 267
– Tage der Freuden 164
– Tage des Lesens 400
Queiroz: Das Jahr 15 595
Queneau: Stilübungen 148
– Zazie in der Metro 431
Radiguet: Der Ball 13
– Den Teufel im Leib 147
Ramos: Angst 570
Ramuz: Erinnerungen an
  Strawinsky 17
Rilke: Ausgewählte Gedichte
  184
– Briefwechsel 469
– Das Testament 414
– Der Brief des jungen Arbeiters
  372
– Die Sonette an Orpheus 634
– Duineser Elegien 468
– Ewald Tragy 537
– Gedichte an die Nacht 519
– Malte Laurids Brigge 343
– Über Dichtung und Kunst 409
Ritter: Subjektivität 379

Roa Bastos: Menschensohn 506
Robakidse: Kaukasische
  Novellen 661
Roditi: Dialoge über Kunst 357
Rodoreda: Reise ins Land der
  verlorenen Mädchen 707
Romanowiczowa: Der Zug
  durchs Rote Meer 760
Rose aus Asche 734
Roth, Joseph: Beichte 79
– Die Legende vom heiligen
  Trinker 498
Roussell: Locus Solus 559
Rulfo: Der Llano in Flammen
  504
– Pedro Páramo 434
Sachs, Nelly: Späte Gedichte 161
– Gedichte 549
– Verzauberung 276
Sarraute: Martereau 145
– Tropismen 341
Sartre: Die Wörter 650
– Die Kindheit eines Chefs 175
Schadewaldt: Der Gott von
  Delphi 471
Schickele: Die Flaschenpost 528
– Die Witwe Bosca 609
Schneider: Die Silberne Ampel
  754
– Las Casas vor Karl V. 622
– Verhüllter Tag 685
Scholem: Judaica 1 106
– Judaica 2 263
– Judaica 3 333
– Von Berlin nach Jerusalem 555
– Walter Benjamin 467
Scholem-Alejchem: Tewje, der
  Milchmann 210
Schröder: Ausgewählte Gedichte
  572
– Der Wanderer 3
Schulz: Die Zimtläden 377
Schwob: Roman der 22 Lebens-
  läufe 521
Seelig: Wanderungen mit Robert
  Walser 554
Seghers: Aufstand der Fischer 20

– Die Sagen vom Räuber
  Woynok 458
– Sklaverei in Guadeloupe 186
Sender: König und Königin 305
– Requiem für einen spanischen
  Landsmann 133
Sert: Pariser Erinnerungen 681
Shaw: Handbuch des Revo-
  lutionärs 309
– Haus Herzenstod 108
– Die heilige Johanna 295
– Helden 42
– Der Kaiser von Amerika 359
– Mensch und Übermensch 129
– Pygmalion 66
– Selbstbiographische Skizzen 86
– Sozialismus für Millionäre 631
– Vorwort für Politiker 154
– Wagner-Brevier 337
Simenon: Der Präsident 679
Simon, Claude: Das Seil 134
Simon, Ernst: Entscheidung zum
  Judentum 641
Šklovskij: Sentimentale Reise 390
– Zoo oder Briefe nicht über die
  Liebe 693
Solschenizyn: Matrjonas Hof 324
Spark: Die Ballade von
  Peckham Rye 662
Spitteler: Imago 658
Stein: Zarte Knöpfe 579
– Erzählen 278
– Paris Frankreich 452
Strindberg: Am offenen Meer 497
– Das rote Zimmer 640
– Der Todestanz 738
– Fräulein Julie 513
– Plädoyer eines Irren 704
– Traumspiel 553
Suhrkamp: Briefe 100
– Der Leser 55
– Munderloh 37
Svevo: Ein Mann wird älter
  301
– Vom alten Herrn 194
Szaniawski: Der weiße Rabe 437
Szondi: Celan-Studien 330

– Satz und Gegensatz 479
Szymborska: Deshalb leben wir 697
Tardieu: Mein imaginäres Museum 619
Tendrjakow: Die Abrechnung 701
– Die Nacht nach der Entlassung 611
Thor: Gedichte 424
Tomasi di Lampedusa: Der Leopard 447
Trakl: Gedichte 420
Ullmann: Ausgewählte Erzählungen 651
Valéry: Die fixe Idee 155
– Die junge Parze 757
– Eupalinos 370
– Herr Teste 162
– Über Kunst 53
– Windstriche 294
– Zur Theorie der Dichtkunst 474
Valle-Inclán: Frühlingssonate 668
– Tyrann Banderas 430
Vallejo: Gedichte 110
Vančura: Der Bäcker Jan Marhoul 576
Verga: Die Malavoglia 761
Vian: Die Gischt der Tage 540
Vittorini: Die rote Nelke 136
Wagner: Gedichte 703
Walser, Martin: Ehen in Philippsburg 527
Walser, Robert: An die Heimat 719
– Der Gehülfe 490

– Der Spaziergang 593
– Die Rose 538
– Geschichten 655
– Geschwister Tanner 450
– Jakob von Gunten 515
– Kleine Dichtungen 684
– Kleine Prosa 751
– Prosa 57
Waugh: Wiedersehen mit Brideshead 466
Weiss: Abschied von den Eltern 700
– Der Schatten des Körpers des Kutschers 585
– Hölderlin 297
– Trotzki im Exil 255
Weiß: Der Aristokrat 702
– Die Galeere 763
– Franziska 660
Wilcock: Das Buch der Monster 712
Wilde: Die romantische Renaissance 399
– Das Bildnis des Dorian Gray 314
Williams: Die Worte 76
Wittgenstein: Bemerkungen über die Farben 616
– Über Gewißheit 250
– Vermischte Bemerkungen 535
Yeats: Die geheime Rose 433
Zimmer: Kunstform und Yoga 482
Zweig: Die Monotonisierung der Welt 493